「も、も、もう少し寝ていませんか？」

来瞳（くるめ）

〝あめりや〟の新顔。
おどおどした性格のメカクレっ
味山に並々ならぬ興味と執着を
その正体は――。

「ぼ、ぼ、ぼ。凡人探索者、さん」

垂れた前髪の隙間から
隠れていた彼女の目が覗（のぞ）く。
燃え始めの焚火（たきび）に似た、オレンジ色。
火を映したような目。

「その手は、
どういうつもりでしょうか……
綺麗なお姉さん」
貴崎凛
きさき・りん
過去最速で上級探索者に昇進した、
味山の元パーティメンバー。
味山に想いを寄せており、
アプローチすることもしばしば。

「まあ、手……？
さて、なんの事
でしょうか？」
味山只人
あじやま・ただひと
凡人探索者。アレタの補佐。
〝耳の怪物〟との戦闘で生きのびた結果、
【攻略のヒントを聞く異能】を得ている。
雨霧
あめきり
会員制高級お座敷ラウンジ
〝あめりや〟のナンバー1。
その正体は、味山を監視する
大陸国家の工作員。

雨霧。貴崎。
2人が無表情で味山を見下ろす。
りりりりりりりりりりりり。
ごーん、ごーん。
斃(たお)れる味山の耳の奥で、
墓場の音だけが、近く——。
TIPS€
お前は死んだ

凡人探索者のたのしい現代ダンジョンライフ 3

A ModernDungeon Life Enjoyed by
The Ordinary Explorer

CONTENTS

イラスト／諏訪真弘

プロローグ■【バベル・オブ・ワイルド】

『アルファチームのダンジョン配信動画ってマジ？』
『マジ!!　探索者組合がダンジョン配信を解禁したんだって』
『アレタ・アシュフィールドも出るの!?』
『やべえ、すげえ景色……感動するわ』
『灰色の荒れ地……テレビで見たのと同じだ』
配信用のカメラ付き端末を通じて、ダンジョンの様子が世界に流される。
灰色の大地、ごつごつした岩場。
放送が始まって、５分。既に視聴者の数は数百万人を超える。
世界各国のＳＮＳでのトレンドはアルファチームの名前で埋め尽くされて。
「ジャロロロロロロロロ」
巨体、灰色の鱗(うろこ)に、丸太よりも太い胴体。
怪物種17号〝ハイイロヘビ〟。
体長30メートルを超す巨大な蛇に似た怪物種が画面に映る。

映像は洞窟の入り口から怪物を見上げるような構図で撮られている。

『え、やば……』

『怪物種……映像でもやばい』

『凄く、大きいです……』

『戦車とかないと無理だろ』

『ハイイロヘビは戦車とか丸呑みにするぞ』

怪物種の異様な姿に視聴者が慄く。

人間の常識を超えた生命は動画越しでも人間の本能を疼かせる。

喰われる、そんな単純な恐怖を全世界の人々が感じていて。

「ハイイロヘビってよ。ウナギと同じ味するらしいぜ。タテガミさんがこの前言ってた」

「えー、ウナギぃ？　あれでしょ？　ゼリーの材料でしょ？」

「アジヤマ、それに助手。今回の仕事は〝世界初のダンジョン探索配信〟だ。諸君の緊張感のない会話は全世界に生配信されてる事を忘れないように」

「あは。まあいいじゃない、ソフィ。探索者組合からの依頼はあたし達探索者が日常を世界の皆にアピールする事でしょ？　普段通りで問題ないわ」

カメラに響く呑気な声。

灰色髪の筋肉質なイケメン。

赤髪、雪白肌のアルビノ美少女。

金髪碧眼、ウルフカットの美人。

容姿の偏差値が70は超えてそうな集団がカメラに映った。

その瞬間、動画がコメントに埋め尽くされる。

『アルファチームキタァァァァァァァァァァァ!!』

『アレタ・アシュフィールドだ!!　生アレタ・アシュフィールド!!』

『あの蒼い瞳が俺をおかしくさせる……』

『ほわあああ、クラーク先生よっ!!　罵って!』

『可愛い服を着させて軽蔑の目で睨まれたいっ!!』

『グレン・ウォーカー、いいよね……』

『爽やかに私の事をフッてくれそう……好き』

アルファチーム。

世界最高の探索者、アレタ・アシュフィールドが率いるトップチーム。

彼女達のファンは世界中に存在する。

「わお。凄い反応ね。よかった、誰も見てくれない寂しい仕事にはならなくて」

「当然だよ、アレタ。君が映る映像、それも世界同時の生配信、ワタシは10以上の端末で録画中さ」

「ギリストーカー認定していいか迷うラインっすね……」

現代ダンジョンバベルの大穴、世界初のダンジョン探索配信。

それが今回のアルファチームの仕事だった。

「じゃあ、そろそろ始めるか？」

カメラの撮影者の声に、アレタ・アシュフィールドがにっと、笑う。

「ええ、よろしく。撮影係さん。あなたの端末が世界の皆の目の代わりよ。責任重大ね」

「プレッシャーかけてくんなよ、緊張しちゃうだろうが」

「期待の裏返しと言って欲しい所だけれど。何かご褒美でも用意しようかしら？」

「じゃあ飯奢（おご）って」

「OK、おいしいお店予約しておくわ」

淡々と、しかし小気味よくリズミカルに繰り返されるアレタと撮影者の会話。

それを全世界の人々が動画で見ている。

『え……なにこの会話』

『アレタ・アシュフィールドが笑ってる』

『なんか今のオフショットみたいでドキドキするのですけど』

『ご褒美ってなんですのん!?』

『アレタ・アシュフィールドとこんな会話したい人生だった』

『ていうか、このカメラ持ってる奴は誰？』

『声がモブっぽい』

『アルファチームの4人目じゃね？』

『誰だよ』

コメントが、皆その〝誰か〟について語り出す。

あのアレタ・アシュフィールドに軽口を叩く男、その存在の異常さを。

その容姿、言動、実績から本能的に人はアレタ・アシュフィールドを上位と感じる。

実際に会った事はなくとも、各種映像媒体で目にした途端、人はアレタの光に焼かれる。

抗えぬほどの魅力、それは呪いとどこが違うのだろうか。

「やべ、なんかコメント欄が荒れてきたぞ」

「あら、それは困ったわ。あたしの補佐探索者さん、なんとかしてくれる？」

画面へ向けられるアレタの流し目。ヒトの魅力から外れたそれに皆が焼かれる。

『ア』

『なになになになになに、何今の顔』

『あたしのとか言ってた!!　これ夢小説で読んだ事ある!!』

『別に貴女のではないですよね』

『今なんか怖いコメントなかった？』

画面越しにそれを見た視聴者達がまたおかしくなる。

「おい、コメント数がとんでもない事になってんだけど」

「流し目だけでトレンド化、これが52番目の星っすか……！」

「アレタなら当然の事さ。さて。キャメラ係、撮れ高の時間だよ」

赤髪アルビノ美少女、ソフィがぱちりと指を鳴らす。

『今のソフィちゃん先生のしぐさ可愛すぎんか？』

『ソフィ先生の不敵な顔が俺をおかしくさせる』

彼女の仕草や言動もまた多くの人を熱狂させる。

ネット上では、アレタの流し目動画と、ソフィちゃん可愛いスレの乱立が始まっていた。

「なあ、グレン、今、クラークが、キャメラって」

「この人もなんやかんや動画配信でテンション上がってるっぽいっすね。ほら、ガキの頃友達いなくてテレビっ子だったから」

「助手、面白い話だ。探索後の打ち上げが今から楽しみだね」

「ギュロロロロロ、ゲロロ」

呑気な会話を打ち切る地鳴りのような音。

怪物の鳴き声だ。

「うわ、でか」

「ほへー。オウサマガエルの老成体ってあんな大きくなるんすね」

「ふむ、〝マザーグース〟に怯(おび)えず、姿を現したか。諸君。状況はフェーズ2に移行した。縄張り争いが始まるぞ」

それは、巨大なカエルの化け物だった。

蛇の化け物の灰色の鱗とは対照的に、毒々しい赤と黒の縞模様(しまもよう)。

同じく家と見まごうばかりの巨体。

頭頂部にはまるで王冠のような形をしたコブが映える。

『うお!?　デッカ』

『あれでカエルは無理でしょ』

『マッチョすぎるだろ』

『なにあの怪物種』

『すげえ!!　指定怪物種(ネームド)だ！』

『ハイイロヘビの特異個体とオウサマガエルの特異個体!?　この前、大陸の指定探索者が敗走したって聞いたぞ』

『楽しみにしています、あじ、いえ、撮影係さま』

『あじ——撮影係の人の顔が見たいです』

『怪獣映画みたい』

蛇の化け物と蛙の化け物。

互いが互いの存在に気付き、威嚇を始めて睨み合う。

洞穴が、揺れた。

「ジュロロロロロロロロロオオオオオ！！！！」

「ギャロロロロロオオオオオ!!　ギュアアアアア!!」

蛇の化け物が、その長い身体をもたげ、大口を開けながら威嚇する。

カエルの化け物が二本足で直立し、前足を腕のように広げて真っ向から威嚇を返す。

「始まるわ」

アレタの呟きと同時に、両者が動いた。

「ジュア!!」

「ギュア！！！」

ヘビが尾をもたげて、それを振り下ろす。

カエルが信じられないことに前足を交差しそれを受け止める。

「ギュロ、ギュロロロロ!!」

「ジュ!?」

カエルが真上から受け止めた尾を、信じられないことに掴んだ。

「ジュア!!」

ふわり。カエルの巨体が浮き上がる。

ヘビがそのままカエルごと尾を持ち上げ、もう一度叩きつける。

空気が振動し、灰色の砂煙が吹き荒れる。

圧倒的な生命、怪物同士の戦い。

同じ力を持つ化け物と化け物は殺し合う運命にある。

「あ、マザーグースがやばいぞ」

撮影係の声が、動画に交じる。

だが、あまりに衝撃的なその映像に、視聴者はコメントを打つ事すら忘れていた。

「ギュロ」

灰色の砂煙が、晴れる。

叩きつけられたはずのカエルの化け物は、ヘビの尾を摑んだまま仁王立ちしていた。

なんという体幹、タフネス。

「ギュ」

カエルの化け物の腕が、膨張する。ミシリと軋（きし）みつつ膨らんだ筋肉が躍動。

「ジュ!?」

〝マザーグース〟の尾が摑まれる。

カエルの化け物が思いきり摑んだ尾を振り回し、繰り出したのはジャイアンスイング。

ぶおん、ぶおん、聞いているだけで怖気立つ風切り音が、ダンジョンに響く。

「ギュ、オオオオオ!!」

「ジュオオ!?」

〝マザーグース〟が振り回され、おもちゃのように放り投げられる。

巨体が宙を舞い、灰色の岩を砕きながら地に転がる。

「ギュ、ギュ、ギュギガ、ゲロロロロロオオオオ!!」

勝ち誇るように叫ぶカエルの化け物。

「ジュア……」

「ゴゲゲゲ、ゲロロロロロ」

ヘビを見下ろすカエル。

地上の食物連鎖とは逆転したその光景。

圧倒的な生命のぶつかり合いに、世界中の人々が言葉を失って――。

「アルファ各員。フェーズ3への移行を確認。現刻を以て指定探索者、アレタ・アシュフィールドの名の下に、武装制限を解除」

だが、彼女達にとってその光景は日常のものだ。

「目標、怪物種17号ハイイロヘビ、個体識別名〝マザーグース〟の保護。及び、それを害そうとする怪物種40号〝オウサマガエル〟個体識別名〝チャンピオン〟の駆除」

「了解したよ、アレタ。レディに手を出す乱暴ガエルには退場してもらおう」

撮影係のカメラが、アレタとソフィの顔を映す。

個人にして、国家の戦力にすら数えられる特別な存在、指定探索者。

不敵な表情、にじみ出るカリスマ。視聴者数のカウントが上昇を続ける。

「アルファチーム、作戦開始」

「「了解」」

探索者が動き出す。

『始まるぞ』

『楽しみです』

『ダンジョン探索初めて見る』

『アレタ・アシュフィールドとソフィ・M・クラークの探索をタダで見られて良いのか？』

視聴者達の期待も最高潮。

ソフィ・M・クラークの。

グレン・ウォーカーの。

アレタ・アシュフィールドの。

誰もが、その高名な探索者の活躍を心待ちにしている。

故に。

「じゃあ行くか」

『『えっ？』』

『えっ？　なんで？』

『撮影係さん？』

『ワロタｗｗｗお前が先陣切るんかい』

「視聴者の皆さんこんにちは。アルファチームの撮影係です」

画面はどんどん怪物に接近していく。

『待ってｗｗｗ、こいつめっちゃ近づいてない？』

『うわ……迫力やべえ』

『これ、カメラ持ちながら怪物に近寄ってるの？』

「ヘルメットに撮影用カメラを付けています。どうも、視聴者の皆様。今回は世界最後の神秘の地。現代ダンジョンバベルの大穴での探索者の世界をご覧頂ければと存じます」

呑気（のんき）に撮影係がコメントに返答していく。

『いやそういう問題じゃねえｗｗ』

『なんだコイツ、怖くねえのか？』

撮影係の異常に視聴者が気付き始める。

そんな中でも、ずいずいと画面は怪物に近づいていく。

「今回の我々の仕事はダンジョンの生態維持。地域の主であるマザーグースの保護が目的です。おっと今カメラに映った植物は餡子饅頭花ですね、ダンジョンでの行動食として知られています」

『撮影係さんの解説が始まったｗｗ』

『なんかおもろｗｗ』

『なんで生態系の維持でマザーグースの保護とかするの？　怪物じゃん』

「素晴らしい質問ですね、視聴者さん。マザーグースは怪物種の中では珍しい、食性を怪物種のみに絞っている個体です。要は人間をあまり襲わない生き物なんですねえ」

淡々と視聴者からの質問に撮影係が答えていく。

その間にもどんどん、どんどん画面は怪物に接近して。

「ゲ、オオオ？」

「うお、デカ……」

動画の画面が上を向く。

赤黒いテラテラした表皮、隆起した筋肉。冠のようなコブ。

――無機質な捕食者の目。

『ひっ』

『うわ、ぞくっとした』

『おい、これ近すぎじゃね？』

視聴者達が、至近距離の怪物の迫力に怯える。

明らかな危険距離、そしてその予想は合っていた。

「ピュペ！」

オウサマガエルの大きな口から舌が射出される。

一瞬の事だった。

視聴者の誰もが怪物種の突拍子もない攻撃に最悪の事態を予想して――。

「怪物種40号、オウサマガエルの生態の説明のお時間です」

『えっ？』

『これ、なに？』

避ける、避ける、避ける。

画面に迫るカエルの舌。

鞭のようにしなる大木と表現すべき化け物の舌。

しかし決して撮影係には当たらない。

「怪物、種っ、おっと、オウサマガエルは捕食器官である舌を用いて獲物を捕らえようとしまっす、うお!!　危ない!!」

転がり、岩の隙間に滑り込み、また転がる。

画面に何度も、ピンク色の舌が映る。

「ですが、ご安心を！　よく見るっと！　この怪物種は舌の攻撃の直前に目を瞑(つぶ)ります。これを観察する事で攻撃の予備動作を見切る事が出来るんですねえ！　はい、今目を瞑って、今!!」

『これ、もしかして全部避けてんのか？』

『今来た、どんな感じ』

『なんか変な奴(やつ)が、怪物種と戦いながら生態講座ごっこしてる』

『探索者って皆(みんな)、こんななの？』

『俺、探索者だけどオウサマガエルのそんな話聞いた事ない』

『ていうか、普通にこれ自殺行為だよ』

『てかマジで誰だよ、この撮影係って』

動画の迫力を語るコメントがどんどん増えていき――。

「あ」

滑った。画面がずるりと。

『えっ』

『あっ』

舌が伸びる。

視聴者達はそのカメラを通じて見た。

カエルの化け物が嗤っていた事に。

「——なに笑ってんだ、クソガエル」

撮影係の口調が素に戻って。

「ゲコ?」

「ナイス、タダ」

オウサマガエル、その背後の地面が裏返った。

布、マントのようなものが翻り、そこから現れたのは。

「ガラ空きっすよ!」

『グレン・ウォーカーだ!』

『地面に潜ってたのか?』

グレンが怪物のすぐ側に。その拳が怪物の身体に突き刺さる。

「クリーンヒットっす」

「ギュ……べ」

家のような大きさの怪物が、人間の拳の一撃に怯む。

ダンジョンに満ちる酔いが人間を怪物と戦える水準まで引き上げる。

「ギ、ギュロロロロロ!!」

「あ、ヤベ」

オウサマガエルが、前脚を大きく掲げグレンに振り下ろそうと――。

「準遺物、起動。〝虹色の紐(レインボー・コード)〟衆人環視の中ではあまり気が進まないけどね」

虹色の紐(ひも)、いや鞭？　それが一瞬で怪物の身体を縛り上げた。

「やあ、縛り加減は如何(いかが)かな？」

『クラーク先生キタァァァァァァァァァァ！』

『なんだ今の!?　縄!?』

『ソフィ・M・クラークだ！　すげえ雑誌で読んだのと同じじゃん！』

「ギュ……?!　ギュギュ！」

「縛り心地はどうだい？　指定怪物種〝ケツァルコアトル〟の膂力(りょりょく)を再現する遺物だ、振りほどくのは骨だろう？」

オウサマガエルは身動きが取れない。

二足歩行になったままの体勢で虹色の紐(レインボー・コード)がその巨体を縛り付けている。

どぱん！　どぱん！　どぱん！

「ギュォ……」

「対怪物種鎮圧用散弾銃〝ライフ・キーパー〟、ふむ、外皮が想像以上に硬いね」

片手には怪物を縛る虹色の紐(レインボー・コード)、そして片手にはゴツイ自動散弾銃。

見た目とアンバランスなランボースタイルのソフィがにやりと笑う。

「アジヤマ、助手！　アレタの準備が終わるまで数分！　このまま拘束し続ける！」

「了解っす、センセイ！」

「準備？　クラーク、もしかしてストーム・ルーラーで消し飛ばすつもりか？　あ、違う、消し飛ばすおつもりですか!?」

「ああ！　組合の想定よりも強力な個体、手加減の必要はない。ていうかアジヤマ、君その口調いつまで続けるつもりだい」

「そりゃ、お前今の俺はこのアルファチーム公式ちゃんねる、味山只人のダンジョンサバイバルちゃんねるの案内人だから——」

「チャンネル名を乗っ取ろうとするんじゃないよ！　意外と君その辺厚かましいな！」

ソフィと撮影係が動画の為のキャラ付けについて議論を始めた瞬間。

ＴＩＰＳ€　オウサマガエルがソフィ・Ｍ・クラークを狙っている、丸呑みにしようとしているぞ
縛られた怪物が口をガパリと開き、舌をソフィに向けて射出。

「っ!!　やべ」

「アジヤマ、何を、あっ!?」
「タダ!?」
同時、画面がぶれる、撮影係がソフィを庇う位置に。
怪物の舌が迫り。
「あ」
『『『あ』』』
それは世界初の動画になる。
轟音、加速、流れる景色、そして暗転。
舌に搦められた撮影係が、怪物に丸呑みにされるまでの一部始終。
怪物に喰われる人間の視界の共有。
『あ、嘘』
『だめ、やだ』
『喰われた!?　マジで!?』
『放送事故だろ』
『死んだわ』
『うわ、やばいモン見ちゃった』
『あはは、こんなもんじゃ終わんないでしょ』

『死ぬ時って一瞬なんだな』

衝撃的な映像。戸惑う者、呆気に取られる者、恐れる者。
様々な反応だが、共通する認識は一つ。
この撮影係はもう助からない。
視聴者の誰もが、これから響くだろう断末魔の叫びを予想して。

「――画面の前の皆さん、ようこそ、味山只人のダンジョンサバイバルちゃんねるへ」

『え？』
視聴者達の戸惑い、そのすぐ後だ。
異常が始まる。
ずる、ずる。
赤黒い画面は、きっと怪物の体内の光景。
ぼご。
『え……』
ぼご、ぼご、ぼご、――ドゴッ！

『な、なんの音？』

『画面が暗くて分からねえ』

『うわ。君、もうアレとやる事同じじゃん』

『なんか鈍い音しねえ？』

ドゴッ！

ぐちゃ、ざちゅ。

響き続ける鈍い音。

「動画をご視聴の皆さん、ダンジョンでの探索で怪物に喰われてしまう、今回はそんな時に有効なサバイバルの方法をご説明しましょう」

「ギュロ!?　ロッ!?　ロォオォ!?」

『あ……え？』

『おい、これ、もしかして』

撮影係の視界を視聴者達に共有するカメラが映した。

「巨大な怪物に丸呑みにされてしまった、そんな時もありますよね、でも大丈夫、そんな時こそ落ち着いて――ソォイ!!」

映る、映る。

斧(おの)、斧、斧。

映る映像はシンプル。

「――の大力使用!!　ねじり込むように!!　打つべし!　打つべし!」

撮影係の振るう斧が肉を削いでいく。

『な、殴ってる……?』

『いや、斧だ、斧振り回してね?』

『怪物の腹の中で暴れてる……?』

『どういう事なの……』

戸惑うコメント、ボルテージを増していく斧の勢い。そして。

「ゲ、ォ」

「お、良い感じの声だ、じゃない、良い感じの声です」

地響きのような苦悶の声、取り繕うような下手くそな丁寧口調。

「ゲォ、オオオゲエエ……!」

画面が反転、暗転、既に数百万を超えている世界中の視聴者達の誰もが押し黙り。

「ぎゃは」

光。暗転した画面、腕、何かをこじ開けるように。

穴倉から這い出るような、視界。

「ゲロ――」

「ぎゃははははははははははは!!　こっからが撮れ高だぜ!!」

怪物の叫びを塗り替える撮影係、いや――探索者の笑い声。

怪物に飲み込まれた探索者が、その腹の中から這い出た。

胃の中で暴れ、口を強引にこじ開けて、脱出。

「ゲ、ォ」

「はい、あとはこのように口から吐き出されるのを待てば……こんにちは新鮮な空気、生還です」

世界初のダンジョン探索配信にして、世界初、怪物種の体内からの脱出。

「このように怪物に喰われた時の対応法で大事なのは諦めない事です。特に巨大な怪物に丸呑みにされた時はチャンスです、胃の中でひたすら暴れてやりましょう。あ、それと面白かったらチャンネル登録高評価よろしくお願いします」

粘液まみれのピースサインが、呑気にふりふり画面に映って。

『そういう問題じゃねえ!!』

『待って、こいつもしかして〝耳還り〟の探索者か?』

『マジかよこいつ!!　怪物の腹から脱出しやがった!』

『チャンネル登録しました』

『高評価しておきました』

『もう切り抜き動画作られてるｗｗｗｗ』

『怪物の腹の中から帰ってきて第一声がそれかよｗｗｗ』

『こいつ、やべえｗｗｗｗｗｗ』

『待って、こいつもしかして〝耳還り〟の探索者か？』

『なんぞそれ』

『ゴシップニュースでやってる都市伝説、指定探索者とか貴崎凛以外で、耳の怪物から生還した探索者がいるって……』

　画面に映るのは、撮影係を待つアルファチームの面々。

「アジヤマ、マジか」

「タダ、マジか」

　割と本気で驚いている様子のソフィとグレン、そして。

「あは」

　非常に満足気な英雄の顔。

「よお、諸君、これで視聴者数はうなぎのぼりだぜ」

「身体張りすぎっすよ、タダ」

「同感……と言いたい所だが、ワタシは君に礼を言うべきなのだろうね、助かったよ、アジヤマ」

「おつかれ、タダヒト。補佐の貴方が頑張ったんだもの。今度は、あたしの番ね」

「あ、なんか嫌な予感、俺のインパクトが薄れそうな」

逆巻く風、揺れる金髪、渦を巻く蒼い瞳。

「ゲオ……」

この時点で、怪物は気付いた。自分が詰んでいる事に。

風が逆巻く、嵐の匂いと音が世界に広がる。

「貴方は負けた事がないんでしょ？」

「ゲ――」

現代最強の異能、人類の特異点、アレタ・アシュフィールドが怪物へ語り掛ける。

撮影係のカメラが、一歩、前へ出る英雄の背中をとらえた。

「ゲコォオオォオォ!!」

「へえ」

意外な事に、その怪物は逃げなかった。

プライド。種族の中でも飛び抜けた力を持って生まれたその怪物は理解する。

己は挑戦者である事を。

「――貴方は別に悪い事をした訳じゃない。ただ、あるがままに生きてるだけ。だから、あたしもあるがままに、狩らせてもらう」

「ゲォロロロロロォオォオォオォオォオォオォオ！」

生涯最大の筋肥大。

怪物種の本能が目の前の生き物の脅威に対し、肉体を進化させる。

身体から生える棘、鎧のように変異する表皮、口を裂き現れる牙。

全身を凶器へと変えた怪物が、全身を以て突撃を。

「ストーム・ルーラー」

アレタは一歩たりとも動かない。ただ吹き付ける風をそのままに受け止め。

「1％未満、使用」

「ゲ――」

オオォオオオオオオオオオオオオオオオオオオオオオオオオオオオオオ。

嵐の音はどこか人の唸り声に似ていた。

アレタの指先から放たれた嵐を閉じ込めた球体が、怪物の身体を包み、攫い、そして。

「ゲ、コ……」

ずしぃんん。

腹の底に溜まるような音を響かせ、その巨体が斃れた。

動画を視聴していた者達全てが押し黙る。

あまりにも圧倒的で、あまりにも理不尽な力の光景に、凡その人達は恐れを――。

「うっわ、一撃かよ。マジで強すぎだろ」

呑気で、デリカシーのない声。でもいつだってその声が、彼女を決して独りにはさせない。

「――あは、そうでしょ、タダヒト」

振り返る英雄の笑顔に、視聴者達はまた言葉を失う。

英雄のどこか、安心したような微笑み、それが綺麗で。

「ゲコオ!!」

「っ！　アレタ、アジヤマ！」

緊張したソフィの声。

地鳴りにも似た響き、本能を震わせる鳴き声。

起き上がる、カエルの化け物。目の前のアレタに巨大な手のひらを叩きつけようと――。

「時間だ」

「ええ、時間ね、貴方の相手は彼女でしょ？」

撮影係の呑気な声、そしてアレタのリラックスした表情。

「ゲコ？」

「ジュア」

一瞬の出来事。

巨大な灰色が、オウサマガエルの身体を包んだ。

べき、べきべきぼきばき。

蛇の化け物が、カエルの化け物を締め付け、骨をへし折る。

「ジュ」

「ゲ……」

ガパリ。蛇が大きく口を開く。

胴体よりも広く開いた大口が被さるようにカエルの化け物の頭を包んだ。

『うお……』

『すげえ……』

『これだから、大自然ってやつは……』

『グロ動画のはずなのに、なんだ、この気持ち……』

『俺。ちょっと訳分かんないだけど、感動してる』

マザーグースの狩り。

怪物種のみを襲う特異な怪物種。

彼女が健在な限り、ダンジョンの生態系は一定の安定を見込めるだろう。

「うわー、すげえ大口。あんな開くのかよ。うわ、すげえ、もう半分飲み込んでらあ」

「タダヒトなら、彼女に食べられても平気そうね」

「真顔で言うのやめてくんない？」

「ジュナ」

ごくん。

マザーグースはあっという間にカエルの化け物を平らげた。

膨らんだ身体をくねらせ、マザーグースがこちらへ。

「シュルルルル、シュルルルル」

『えっ、なんか来てるけど』

『待ってマジかよ、でかすぎる』

『迫力やべえ……』

『これ、マジでなんで撮影係の奴、逃げずにいられるの？』

マザーグースの赤い瞳が、じっとこちらを見下ろす。

探索者達は動かない。

「せ、センセイ……」

「しっ、助手、動くな。……彼女は測ってる。我々が敵か、否かを。……アレタ、アジヤマ、決して刺激をしないように――」

ソフィの警告に、アレタが口元を緩めた。

「タダヒト？」

「え……ああ、そうだな、これ、ダンジョン配信動画だしな」

「えっ!? ちょ、アレタ？　アジヤマ何を!?」

「クラーク、大丈夫だ。アシュフィールドの方が強いから」

撮影係が一歩、その蛇の怪物に近づく。

「世界初、怪物との停戦交渉だ。バズるぜ、これは」

「シャロ……？」

TIPS€　マザーグースはお前達を不思議に思っている。人間が自分を助けたのかと疑っている
その声は、この場にいる者の中で唯一、〝撮影係〟のみに聞こえるヒント。

撮影係――味山只人にはダンジョンのヒントが聞こえる。

「よお、良い喰いっぷりだな、マザーグース。でも丸呑みはあまり消化に良くねえぞ」

「シャルル……」

TIPS€　――マザーグースはお前の言葉を理解している。〝心配には及ばない、聞こえし者よ、我らの胃袋は貴公らの者よりも頑丈だ〟

「そうなのか？　胃もたれと無縁で羨ましいな、オイ」

「シャルルル……」

ＴＩＰＳ〆〝……困ったものだ、貴公。我はこの後どうすべきだろうか？　我が箱庭を荒らす人間という生き物、これを排除すべきか、それとも、縄張りを荒らす不届き者を誅し、極上の食を提供してくれた友人として迎えるべきか〟

「出来れば、ニホン人として蛇をいじめたりはしたくねえ、バチが当たっちまう」

「――シャロ」

ゆら、ゆら。蛇の巨体が左右に揺れる。まるで踊っているように。

「シャロ、シャロロロロロ!!　ジュロロロロロ!!」

ＴＩＰＳ〆〝ははは、はははははは!!　いじめたくないとな！　貴公！　それは、それは確かに貴公の言う通りだ！……我も同じさ。敵に回したくない、金色の強き美しい光と、それに並ぶ可能性を持つ赤と灰の光、そして――〟

ずいっ。

蛇の巨大な顔が、味山の視界、そして配信用の画面一杯に広がる。

TIPS€　〝――最も強く、最も恐ろしい怪物の写し身を敵に回したくはない〟

「あ？」

「シャルル」

マザーグースが満足そうに鳴き、そして、頭を振って去っていく。

『あ……』

『え、今、完全に怪物と話してたよな……』

『いや、そんな訳……』

『あじや、撮影係さんの度胸が良いです。投げ銭解禁希望です』

シャルルル、ルルルル。

このダンジョンには風が吹く。

上機嫌な怪物の歌声が風に乗って辺りに響く。

風に紛れたそれは、眠気を誘う子守唄。

ＴＩＰＳ€　〝狩りを手伝ってくれた礼だ、恐ろしき怪物の写し身よ、伝えておこう〟

「マザーグースが止まった……？」

「いや、ていうかセンセ、それよりも、今、完全にマザーグースとタダ、会話してたっすよね」

「あ、ちょうちょ……」

「ああ、センセが現実逃避を……」

「タダヒトなら当然、これくらい出来ておかしくないわ」

見えないちょうちょを追いかけるソフィ。

ソフィの様子に、そっと目元を拭うグレン。

むふーっと満足そうな笑みを浮かべるアレタ。

アルファチームがそれぞれワチャワチャしている所、味山だけが黙って耳を傾けて。

ＴＩＰＳ€　〝耳を退けたのなら、耳の代わりは貴公だ〟

「なんだって？」

TIPS€　〝貴公は備えるべきだ、戦争は近い。――人の部位がまさか〝耳〟だけだとは思っていないだろう?〟

「……哲学的な蛇だな」

もう、マザーグースの言葉は届かない。

しゃるるる、るるるる。

愉快そうな鳴き声はどこまでも、どこまでも。

厄介事の気配がする、だが味山只人は知らない。

もう事態はどうしようもなく進行していた事を。

嵐を連れ戻し、耳を退けた。

なら、次は?

「あ……すげえ視聴者数、1000万超えてる……」

小さな呟き、そして。

「お疲れ様、タダヒト、さ、帰りましょ」

英雄のにっと笑う声。

これが、撮影者。

味山只人の今の日常だ。

第1話■【キサキ・アフター・デート】

「味山さん、す、凄(すご)いです、このお店。雰囲気がある……！」

「貴崎(きさき)、はっきり言っていいぞ、うさんくさい店だって」

その美少女はどう考えてもこの場には似合わなかった。

むき出しコンクリートの床と壁。

無機質なスチールの戸棚。

手書きの値札が張られたガラクタ。

インチキ雑貨店、〝王龍(ワンロン)〟の店内で彼女は明らかに浮いていた。

「そんな事ないですよ、味山さん。ご存じないですか？　最近はこういうのが流行(はや)ってるんです！　この前久しぶりに学校に行った時に、クラスの子に聞きました！　昭和レトロ……だっけ」

「最近の女子高生は渋いな」

「ふふん、時代の流行りは私達ＪＫが作っていると言っても過言ではないのです」

黒髪、毛先がわずかに赤く染まったポニーテール。

猫のようにクリクリして、それでいて濡れた輝きを帯びる目。

街を歩く度に、人種問わず、数多の男の視線を引き寄せる容姿と身体。

若さ、快活さ、新鮮さ。その全てが魅力に変換されている。

「なるほど、女子高生の皆様が輝いている理由がよく分かる」

「こうして制服で街を堂々と歩くのも今しか出来ないモラトリアムです！　味山さん、ブレザー姿の女子高生を引き連れて歩くご気分はいかがですか？」

貴崎凛。女子高生でありながら、世界最速で上級探索者へ認定された天才。

彼女がふふーんと、ドヤ顔を輝かせる。

「条例に引っかからないかドキドキする」

「今、味山さんが私の制服にドキドキするって言った！」

「おい、女子高生だからって人の話を曲解する特権まではないはずだ。……ねえよな」

味山が小さくぼやく。しかし貴崎は、首を傾げて返事をしない。

「まあまあ！　そんな深刻なお顔しないでください！　あ、そ、それともやっぱり、味山さん、この前の耳の怪物との戦闘報酬、私がまだ受け取ってないの怒ってますか……？」

「金の話はやめようぜ、お前が納得行ってないんだろ？」

「うう、だって、組合のアンポンタンども、報酬の山分けは認められないって……味山さんの功績を全然聴こうともしないんですよ！　あいつら！　ありえなくないですか！」

ぷりぷり語気を強める貴崎。

子犬のように忙しなく表情が変わる。

「あ、そうだ！　数週間後の探索者表彰祭！　今年も表彰祭に合わせて上級探索者昇格試験があるみたいですけど、味山さんがそれに出て、あいつらをあっと言わせれば……」

「あー、あの祭りか。人出が凄いんだよな……」

味山と貴崎は今こうして2人で外出中だ。

先日のクソボスイベント、〝耳の怪物〟との遅滞戦闘を生き延びた〝打ち上げ〟として。

「なあ、貴崎、やっぱ場所変えねえか？　せっかくの生還打ち上げなんだ、もっとマシなとこでも……」

「えー、でも、私、こういうお店好きですよ。それに、味山さんはお休みの日、よくここに来るんでしょ？」

「まあ、割と来てるけど、友人との買い物に来るような場所でもねえだろ」

「――アレタをここに連れてきた事はあるんですか？」

ひゅっと、味山が息を呑む。

ころころ表情を変える子犬みたいに振る舞っていた貴崎の顔が豹変していた。

獲物を見つめる爬虫類のような冷たさ。

「……ああ、店には来た事ねえ」

「!!　じゃあやっぱりここが良いです!　ふふふ、今度自慢してやろーっと」

ポニテをピコピコ揺らしながら、またコロコロ笑い始める貴崎凛。

先日の仕事、耳の怪物戦の後から妙に、貴崎とアレタは仲が良い。

味山にとって困った事ではないはずだが……。

「嫌な予感がする……おい、貴崎、頼むからあんまうちのボスを刺激すんなよ」

「えー?　そんなつもりありませんよ、女同士、ガールズトークの気軽な話題です」

「その気軽な話題の内容に俺の胃の調子が左右される事はご存じか?」

「あははは。味山さんは、アレタの事を凄く、気にしてるんですね」

「俺の雇い主だしな。それに補佐探索者なんて、指定探索者の現場秘書みたいなモンだ。

上司の機嫌を伺うのも仕事の一つだろ」

「……それは、私であっても同じですか?」

戸棚のガラクタを手に取り、それに視界を向けつつ、貴崎が呟いた。

「あ?　どういう事だ?」

「貴崎凛が、もし指定探索者になって、味山只人(ただひと)を補佐にすれば、貴方(あなた)はそうやって私の事を考えてくれるんでしょうか」

貴崎の視線はガラクタに注がれたままだ。

決して彼女は味山にプレッシャーをかけている訳ではない。

なのに、感じる、この圧力。首元に冷たい刃を添えられてる錯覚。

「……まあ、それが仕事ならな」

「あはは。モチベーションが一つ、増えました」

味山を一瞥もせず、ぽつりと呟く貴崎。物凄く怖い。

「味山さん」

「あ、はい」

年下の貴崎の言葉に、味山は反射的に敬語で返事をして。

「今の話、覚えててくださいね、味山補佐探索者さん」

「……今の貴女に俺への命令権はないはずですが。貴崎上級探索者殿」

「ええ、今は。ですね」

「ああ、うん。今は……うん」

しっとり。部屋の湿度が高い気がする。

きっと店主が空調をケチっているせいだ。そうに違いない。

そんな事を考えてると、ふといくつかの視線を感じた。

「おい、あれ、貴崎凛じゃねえか？」

「本当だ。耳の怪物との遅滞戦闘から生還した上級探索者……」

「耳還りの探索者だ」

「マジでまだ子供……いや、そうでもないか……」

「ああ、あのスタイルは……大人だよ」

「貴崎凛と一緒にいる奴、どっかで見た事あるな……」

「男じゃん、クソ、うらやましい」

微妙にキモイ視線が、いくつか。

この店に珍しく客が数人入っている。

「結構、人いるんですね、味山さん」

「おお、いや、でも珍しい事だぜ。ここは基本的にいつ潰れてもおかしくない、閑古鳥が蜘蛛の巣で編み物してるような店のはずだけど……」

味山が忌憚のない意見をそのままに口にした時だった。

「閑古鳥が編み物してる絵は逆に見てみたい気がするアルね、アジヤマさん」

「うおっ！　びっくりした……って王さんかよ、こんにちは」

不意に声を掛けてきたのは店主である王だ。

コテコテの大陸人スタイルのハタキを持ったその姿は安心感すら覚える。

「アジヤマさん、元気で何よりネ、まだくたばってなかったカ」

「誰がくたばるか。ああ、すまん、貴崎、こちらは王さん、このインチキアンテナショップの店主だ」

「こんにちは！　私、貴崎凛と申します。良いお店ですね、面白そうなものたくさんあって楽しいです！」

「わお、物凄いキラキラオーラ……それにこのフレッシュさ……アジヤマさん、あなたこんな素敵な子、どこで捕まえてきたアルか。悪い事言わないヨ、自首してきなヨ」

「やかましいわ。昔の仲間だ、別に疚しい事も何もない」

「えー、私としては少しくらい疚しい気持ちがあってもいいんですよ？」

貴崎が頬に指先を添え、にまーっと笑う。

自分に魅力があると自覚している人間の振る舞いだ。

「らしいアルよ。アジヤマさんみたいに青春コンプレックスを拗らせている男には特攻ね、この可愛いお嬢さんは」

「えへへ、おじさま、そんな可愛いだなんて……聞きましたか、味山さん、私、やっぱりちょっぴり可愛いのかも」

「あー、はいはい、可愛い可愛い」

「な、なんて心の籠ってないセリフでしょうか……あ！　あっちの棚にあるの、もしかして合掌土偶!?　それに、みみずく形土偶も！　味山さん、私、あっちの棚見てきます！」

「はいはい、お店のものにあんま触るんじゃありませんよーっと。……若いな」

「アジヤマさんにもあんな時期があったと思うと時の流れは残酷ネ……」

ぴゅーっと、貴崎がポニテを揺らし、目を輝かせて向こう側の棚へ。

若さを眩しそうな目で見つめる味山と王、どちらともなく口を開く。

「それにしてもアジヤマさん、あなた、あんな子とのデートにうちの店はちょっとズラシすぎじゃないカ？　あれヨ？　ズラシってのは王道をきちんと押さえた上で効果があるものヨ」

「マジトーンでアドバイスはやめてくれ。そしてまずデートでもねえし、狙ってもいねえよ。昔の仲間で、前の仕事の打ち上げっつーか慰労会みたいなもんだ、本人がこの店がいいっつーから仕方ねえだろ」

「アイヤー、なんでまたあの子、こんな店に来たがるアルか」

「俺が休みの日に行ってる場所に行きたいって。変わってるよな」

「……あー、そゆことアルか、うん、確かに、変わった趣味アルね……」

しらーっとした顔、王の糸目もどこかしらけた様子で味山を見つめている。

「なんだよ、王さん」

「いや、変わった趣味を見つめているつもりヨ。まあいいや、アジヤマさん、せっかく来たんならアンタも買い物していくヨロシ、うちに冷やかしを楽しませる余裕はないヨ」

「厳しいな。あー、でもまあ、確かに言ってる事は間違ってねえな……」

言いながら、味山は店内を見回す。

なんの役に立つかも分からないガラクタばかりが置かれている。

だが、味山只人は知っている。この店にはたまに、本物が紛れている事に。

――〝神秘の残り滓(かす)〟に見えるといい。


ある夢である者に言われた言葉だ。

神秘の残り滓。

何も持たない凡人である味山に、探索を全うする為(ため)の力を与えた奇妙な存在。

この店で手に入れた〝カッパのミイラ〟。

先日オカルトイベントの後になんか家に現れた〝鬼の骨粉〟。

そのどれもが、味山の探索の助けになってくれていた。

力を集めておかなければ、どこかで詰む。そんな危機感は日に日に増していく。

「どしたアルか、アジヤマさん、ほら、買い物していくアルよ、ゴーショッピングね」

「あー、じゃあ王さん、この前のカッパのミイラみたいな面白いモン置いたりしてねぇか？」

「おお、アジヤマさん疲れてるアルか？　うちのインチキ商品を自ら求めるとは……」

「自分でインチキ言い出したらもう終わりだろ」

「おっと、失敬。それ系の商品なら奥の棚に置いてるアルよ、世界中の蚤(のみ)の市(いち)で漁(あさ)ってきた掘り出しモノアル！」

「ほんとに失敬だな」

味山がぼやきながら、商品棚に向かう。

薄暗い店内は商品の粗さを誤魔化す為だろうか？

「さて……九千坊(きゅうせんぼう)みたいなのがいたらいいんだが」

目を細め、商品棚に雑に並べられているガラクタを眺める。

小さな狸(たぬき)の置物に、木彫りの招き猫、手乗りのブロンズの昆虫……？

気になったものは〝耳〟が拾うヒントを利用すれば本物かどうかの見極めは出来る。

味山が戸棚を物色していると——。

「ん？　なんだこりゃ……」

それはボロボロの包帯で包まれていた。

破れた包帯の隙間から見えるのは乾いた流木のようなザラザラしてそうな表面。

「でけえな……」

値札には3万円と殴り書きされている。

「おほー、アジヤマさん。またアンタ妙なもの見つけたアルネー、それはネー、〝猿の手〟あるヨ！」

「猿の手?」

「アイヤー、アジヤマさん知らないアルか? 願いを叶える猿の手。魔力を秘めた猿のミイラの手アル。なんでも3つ願いを叶えてくれるあるヨ」

「なるほど、つまりガラクタか」

味山がため息をついて猿の手を商品棚に戻す。

「アイヤー! 話聞いてたか? 願いを叶えるマジックアイテムね、マァジックウアアイテエムウ!!」

「3万で叶う願いなら、普通に3万で贅沢するわ。だいたい王さんの事だ。その願いを叶えるって話も、どうせなんかのリスクがあるんだろ?」

「ぴゅー、ピピピー。なんの話か分からないアルネー。猿の手の原作読んでみればいいアル」

「口笛の音を口で言うな。……まあ、一応聞いてみるか」

味山は口笛の吹けない王から目を背け、商品棚に置いた猿の手へと触れる。

目を瞑り、無意識に、片方の手を耳へと添える。

聴かせろ、クソ耳。このアイテムのヒントを。

味山は気付かない。

王が一瞬、その眉毛に潰された糸のような目を、すっと開いた事に。

冷徹に実験動物を観察する研究者のような――。

そして、味山只人のみに許された機能が起動する。

TIPS€　〝はじまりの火葬者の腕〟。今は忘れられた神秘の残り滓の一つ。その身に取り込めば偉大なる火葬の業を再現する資格を得る

「お？」

味山は表情を変えないまま、更にヒントへ耳を傾ける。

TIPS€　はじまりの火葬者の決して焼ける事のない腕。いつからか彼は火に救いを見出した。群れの長たる彼は滅びゆく同胞に何もしてやれなかった、その敗北と滅びは運命だった

歌のように紡がれる残り滓の物語を耳が拾う。

TIPS€　賢きヒトに、彼らは敗れた。長たる彼はしかし、最後まで生き残り、仲間達の亡骸を火で葬り続けた

TIPS€　いつからか彼は火に願った。同胞の魂が火により高き天に昇るように、あるいはもう二度とこの残酷な世界に生まれ落ちて来ぬように

――アタリ。本物の神秘の残り滓、つまりこれは戦う為の力だ。


「……王さん、これ買うよ」

「アイヤー!! アジヤマさん、ほんとにいいアルか？ ぶっちゃけこれ、蚤の市のゴミ捨て場で拾ったやつアルけど」

「んなもんに3万円の値札を!? でも、くそ、はい、3万円これで足りるよな」

「おおう、マジアルか、アジヤマさん。うう、この店を救う為にこんなガラクタ買ってくれるなんて……」

王がお札を受け取り、素早い手捌きで数え、すぐにレジの中に仕舞い込む。

「救うって……そんなに経営危なくないだろ。この前と違って客も増えてる」

味山がその〝猿の手〟を渡された紙袋にしまいながら店内を見回す。

「ああ、客足が増えた理由は簡単アル、どいつもこいつもうちの看板娘目当てアルよ」

「看板娘……王さん、意地張っちゃいけねえ。なんかの看板に女の写真張り付けたみたい

なオチだろ？　人を雇うのって難しいもんな……」

「哀れみに満ちた優しい顔はやめるアル、サブイボ立ってくるネ」

「いや、だって……こんなインチキアンテナがらくたショップにそんな余裕も、そもそも働きたい物好き野郎なんて――」

「まあ、ふふふ。物好きだなんて、お恥ずかしゅうございます」

「――いる訳……え……？」

　ふと、甘い桃の香りが鼻を掠める。

　白昼夢か、それとも幻か、気付けばカウンターに寄り掛かるように彼女がそこにいた。

「え……なんで？」

「ふふ、こんにちは、味山さま。まだ太陽の出ている時間に貴方様とお会い出来るなんて……雨霧は嬉しいです」

　とんでもない美人が、そこにいた。

　星空の暗い所だけを掬い取って、梳いたような漆黒の長髪。

　小さな顔、うるんだ唇、大きな目、膨らんだ涙袋は艶やかに。

「あ、雨霧……さん？」

「はい、貴方の雨霧です、味山さま。ふふ、そして、このお店のお手伝いをしている物好きでもあります」

いたずらが成功したちびっこみたいに、口元に人差し指を当てて彼女が笑う。

暖かさと涼しさを両立させたニットセーター、動きやすそうなジーンズ。

なんの事もない服装も、雨霧が纏えばそれはもう衣装だ。

おっふと言葉を失いそうになるのに耐えつつ、味山が一呼吸。

「王さん、これはどういう……？」

「うちの看板娘の雨霧ちゃんアル。彼女目当てでこんなに男の客が増えた訳ヨ」

「いや……なんで、ありえねえだろ、アンタ、雨霧さんが何者か知ってんのか？」

「アジア地域一の巨大歓楽街、バベル島歓楽街の夜の華の最高峰、〝あめりや〟の雨霧お嬢さんネ。もちろん知ってるヨ、先月は一晩でどこかの国のお偉いさんに1億くらい使わせたらしいアル」

「もう、店長、味山さまの前でおやめくださいませ、はしたない女だと思われてしまいます。それに、お使い頂きました金額は流石に1億も行っていません。ぎりぎり8桁額で収めて頂きましたので」

朗らかに微笑む雨霧が、こちらにそっと流し目を向ける。

味山の知己の1人だ。

ある意味美人慣れしている味山でさえ、脳みそを直接揺らされるような美貌の持ち主。

明らかに場違いが過ぎる。

「おっふ……いや、こんにちは雨霧さん、すみません、失礼な事を口にしました」

「ふふふ、まあ、味山さま、そんな畏まらないでくださいませ。わたくしも少し意地悪でした。――望外に貴方様とこんな所で出会えてはしゃいでしまったのかも」

くすっと微笑む雨霧、薄い眼鏡の奥でにこやかに細くなる目、シミ一つない肌。

全てのビジュアルが暴力的だ。

「からかわないでくださいよ、雨霧さんにそんな事言われると男なんて皆バカなんすから、舞い上がっちまう」

「あら……ふふ、かのアルファチームの4人目にして、〝耳還り〟を果たした探索者の味山さまの舞い上がった姿、わたくし、少し気になります」

「……ご存じなんですか？」

「ええ。お店に来られるお客様の中には探索者組合の方も多く……皆様気持ちよくお酒に酔われますので」

カウンターの椅子に腰かけ、首を傾けてじっと雨霧がこちらを見つめてくる。

確かに彼女を隣に酒なんて飲んでしまえば、守秘義務なんて言葉は消え失せる。

「そりゃあ……男は皆バカですからね、責めたり出来ねーや」

「お優しいんですね。でも……中には酒席を共にしても、なかなか本音を見せてくれない殿方もいらっしゃいます故……」

「そりゃあすげえ、本物か、それともスゲェ馬鹿なのかのどっちかですね」

「ええ、本当に……やきもきさせられます、今日もまた……」

「えっ」

味山はふと、カウンターに置いてあった自分の手の甲に冷たい感覚を抱いた。

白魚のような指とは、まさに彼女の為(ため)にある表現。

雨霧の白く、そして冷たい指が味山の手の甲にそっと添えられて。

「耳還りを果たした探索者、かの〝52番目の星〟〝星見〟〝灰狼(グレン・ウォーカー)〟そして、貴方、味山只人……あと1人、そう、最近よくメディアでよく取り上げられている……あの子」

「えっ、えっ、あ、雨霧さん……？」

味山は自分の感覚を疑う。

どろり。目の前の嫋(たお)やかな、鉄火場とは縁のないはずの彼女から感じる圧。

似ていたのだ、たまに彼女(アレタ)や、彼女(貴崎)と。

「貴方様と共に、〝耳還り〟を果たした探索者と楽しそうにこのお店に向かわれてる姿を拝見いたしました。そうお相手の、確か……お名前は……」

戦う才能を持つ恐ろしい女性から感じるソレと同じプレッシャーを、雨霧からも――。

「その手は、どういうつもりでしょうか……綺麗(きれい)なお姉さん」

どろ、どろり。

空気が、急に湿気と粘度を帯びていく。

季節はもう冬に近い秋、空気は乾燥しているはずなのに。

「き、貴崎……？　よ、よう、面白いモンは見つかったか？」

「面白いもの……ですか、ええ、今、非常に興味深いモノを見つけましたよ、味山さん」

貴崎凛の目が、それに。味山の手を握る雨霧の手を見つめている。

「貴崎……そうでした……若干18歳、史上最速で上級探索者になった天才……かのニホン名家の一つ、貴崎家の長女にして、現当主、貴崎凛。お会い出来て光栄です」

「貴女も……実家と繋がりのある政財界からお話は伺っています。雨霧、バベル島の夜の頂点……貴女に貢ぐ為に家業を潰した家もあるとか、噂以上にお綺麗で」

雨霧と貴崎。

掛け値なし、言う事なしの美人達が互いに微笑みを交わす。

絵になる光景、なのに味山の背中は早くも冷や汗をびっしょりと掻き始める。

「それで……それは一体なんでしょうか？　ああ、味山さんに聞いてるんじゃありません。雨霧さん、貴女に聞いてるんです、その手は、何？」

「まあ、手……？　さて、なんの事でしょうか？」

「えっ、雨霧さん……!?」

さわ、さわ、ぎゅっ。

白い陶磁器のような雨霧の手が、味山の筋張って薄い傷の目立つ手指に絡みつく。

「男の方に触れられるのも、触れるのもあまり得意ではないのですが……味山さまの手はとても……触り心地が良いです。ざらざらして、ごつごつして、でも、ふふ、指は長くて綺麗ですね」

雨霧のどこか、うっとりした顔。もはやまさぐると言って良いレベルで絡まる指。

これ、もうプレイ料金が発生するのでは？　味山が深刻に悩み始めて。

「男子、家を出れば7人の敵あり……雨霧さん、それ以上味山さんに触れ続けるのなら、私は貴女に挑発されてると受け取りますが」

「ふふ、貴崎凛。その諺は女性の貴女には当てはまらないのでは？」

「男女平等が叫ばれて久しい世の中です、女性だって同じですよ、この世は結局敵ばかりですから」

「まあ、素敵な考え方です。ですが、わたくしは貴女とは仲良くしたいと考えています。わたくし、探索者様のふぁん、ですから」

「ではまず、繰り返しになりますが、その手を離してください。味山さんが嫌がっているように見えます」

「貴女にはそう見えるのですね？　困ってしまいました。ねえ、味山さま？」

「味山さん、はっきり言ってあげてください。手を離せって」

にっこり微笑む雨霧、あれ、でも目が笑ってない。

さわやかに笑う貴崎、でも、あれ目がうっすら開いているぞ。

「……み、店に迷惑になるからさ、一旦この話やめにしないか？　なあ、王さ――」

言葉の途中で、味山は絶句する。

いない、助けを求めようとしたインチキ大陸人の小さいおっさんは姿を消していた。

〝祝你生活愉快(良い人生を)！〟

大陸語が読めない味山でもなんとなく意味の分かる書置きを残して。

「あ、あのおっさん、逃げやがった……」

「そもそも、貴女、味山さんのなんなんですか？　あめりやの人ですよね、味山さん、まだあまりお金ないから営業しても意味ないですよ」

貴崎のボルテージが上がっている。

「ふふふ、可愛(かわい)いお顔が台無しですよ、貴崎凛……いい目です、かのお星様を思い出します、ねえ、味山さま、あの夜もこんな感じでしたよね」

だが、雨霧もまたかなりメンタルが強い。上級探索者の圧にも平気な顔だ。

「あの夜……夜、へえ、夜、ふーん、ま、まあ別にいいですけど。お客さんですもんね」

「ええ、最初はそうでした、あら……でも、ふふ、味山さま、またあのお店でお夕飯などいかがですか？　この前は邪魔が入ってしまいましたし。ああ、もちろん、これはプライベートのお誘いですよ」

「あ、ああ。この前の……ニホン酒美味しかったですよね」

「え……プライベート……？　こういうのって、なんか営業とか、なんじゃ……」

貴崎がわずかにたじろぐ。すっと細まる雨霧の目はそれを見逃さない。

「貴崎凛、いえ、可愛いお嬢さん。わたくしは確かに男の方と酒席を共にしてお給金を頂いている身ですが……何事にも例外がございます。あら、そういえば……結局、味山さまと仕事でお酒を共にしたのはたった1回だけでしたね」

「あ、う……それって」

「ふふ、困りました。味山さま、わたくし、思ったよりも単純な女みたいです。ただ貴方と食事を共にしたいだけなのかも」

琥珀色の瞳が味山を捉える。桃の香りが更に強く、濃く。

味山は頬の内側の肉を噛んで耐える。

「ですので……どうでしょう、味山さま……もし、よかったらこの後一緒にお食事でも――」

つうーっと、雨霧の指先が味山の手の甲を撫でる。

くすぐったいその感覚に全てを預けたくなる。

傍から見ればとんでもない美女2人にアプローチを掛けられるという状況。

だが、味山にとっては笑えない。

「す、すみません、雨霧さん、今日は――」

「今日は？」

味山が全ての理性を総動員、雨霧の手を遠ざけようと――。

「でも私、味山さんと一緒に温泉入りましたよ」

「――は？」

「おい、貴崎待っ」

「雨霧さん、味山さんの裸見た事ないですよね、それに私、味山さんに膝枕もしてもらいましたよ」

無表情の貴崎が淡々と事実を述べる。

水着着用だった事や、ほとんど不可抗力だった事などにはもちろん触れていない。

未成年を追い詰めると、やばいのだ。

「……ふー……今、何かおっしゃいましたか？」

「ああ！　雨霧さんがあまりの内容に聞こえない振りを!?」

もうなんかよく分からないテンションになった味山が叫ぶ。

雨霧もまたにっこり微笑み、仕切り直しをしたつもりのようだ。

でも、瞼は痙攣している。

「ふふん、聞こえなかったようですのでもう一度。味山さんの身体、良い感じに脂肪と筋肉が両方あって……でも腹筋は少し割れてて、筋肉量多めのがっしりタイプでとても良かったです」

「貴崎くん、その辺でストップ!!」

もう止まらなくなった貴崎をがしっと引っ張る。

「きゃ――もう、いつも強引なんですね……」

「やかましいわ！　お前、ほんとわざと重要な事だけ相手に伝えるのやめろや！」

ぽっと頰を染める貴崎に、味山が本気で突っ込む。でも貴崎は嬉しそうに頷くだけ。

「あ、味山さま……」

しゅんとした様子の雨霧が視界に移る。

味山は稲妻が走ったような衝撃を感じつつ、歯を食いしばって。

「ぐ、ぐぎ……ぐが……こんな奴ですけど、今日の夕方までは貴崎と約束してんです！　す、すみません、雨霧さん！　また後で、！」

購入した紙袋を摑み、そのまま店外へ貴崎を引きずり脱出。

青い空の下へ。乾燥した空気が織りなす高い秋空が澄み渡る。

「はあ、はあ……なんでいつもこうなんだよ……それに、貴崎、お前な」

「ごめんなさい、味山さん」

「え、お？」

割と本気で貴崎を叱ろうとした味山が出鼻をくじかれる。

「すみません、少しムキになっちゃいました、迷惑……でしたよね」

しゅんと下を向く貴崎、どんどんすぼむ声色は怒られるのを理解している犬のようだ。

「あ、あー……クソ……はあ、いや、貴崎、俺も悪かった。今日（の夕方まで）はお前との外出なのに、雨霧さんの誘いをすぐに断れなかった、こちらこそ失礼しました」

味山が貴崎に頭を下げる。

男だ女だ言う前に、これはシンプルなマナーの話。

貴崎の整った髪や、清潔な服装、そして薄目のメイク。

約束して会って遊んでるんだ。これが最優先なのは当たり前だ。

「……味山さん、手、出してください」

「あ？　はい」

すっと顔を上げた貴崎が味山の手を取る。

小さくて細くて柔らかい。

この手が剣を握り、怪物を裂くなんて信じられないほどに、その手は女の手で。

「ほんとだ……味山さんの手、ごつごつして、筋張って、でも指、意外と長いんですね」

「……貴崎、満足したらそろそろいいか？　周りからの視線がやばい」

大陸街の往来。

貴崎の容姿はどこでも目を引く。

はたから見れば美少女の手をアラサーが握っている事案に見えない事もなかった。

「えへへ、ダメです。今日は味山さん、私と約束してるんですから、このままです」

ぎゅっと握った手をそのままに貴崎がかぶりを振って前へ歩き出す。

「うお……え、待って、待って貴崎、流石(さすが)に手を繋いだまま歩くのはまずいって」

上級探索者、貴崎凛は深度Ⅱ、ダンジョンの酔いにより身体能力の覚醒に至った探索者だ。

普通に、味山よりも力が強い。

美少女高校生探索者に、半ば引きずられる形で手を繋いだまま、2人は街を行く。

「だめでーす、今日はだって、私と味山さん、2人の生還打ち上げなんですから。一緒ですよ、捨て駒さん」

にひひと笑う貴崎の顔に、味山は一瞬固まる。

「ああ、分かったよ、貴崎」

「時に、味山さん」

「あ、なんだ？　腹でも減ったか？　そうだ、この前アシュフィールドに教えてもらった良い店が――」

微妙にデリカシーのない言葉をのほほんと言い放つ味山、その表情は朗らかで。

「さっき、雨霧さんに言ってたのアレってなんですか？」

「え？」

2歩先を歩く、貴崎の顔は見えない。

ただポニテがすんっと垂れていて。

「――また後で。そう言ってましたよね」

「あ」

PLLL。振動、端末の知らせ。

メールの内容も、送り主も察しがつく。グレンからで、内容はきっと――。

「味山さん、カフェで言ってましたよね、今日、夕方からグレンさん達と用事があるって」

PLLLL。

ピコン。

【最重要機密連絡　アルファ4、味山只人へ。本日18時、リゾートエリアの〝スカイババベル〟のプライベートビーチに参集。水着必携、ナイトビーチ&グランピングパーティー。あめりやの女の子達約束確定済み。追伸、絶対にアルファチームのメンバーにはバレないように。ソフィ・M・クラークとアレタ・アシュフィールドは本日、ニホン本土、トーキョーでショッピングデート中との事。このメールはすぐに消せ。差出人グレン・ウォーカー】

そう、今日だ。約束は一つだけじゃない。

決して敗れぬ男の約束。

「味山さん、気になります。夕方からの用事って、グレンさん達とどこで、何を——誰とするんですか？」

「——教えろ、クソ耳」

この場を切り抜けるヒントを。

貴崎に聞こえない声量で味山が、己の最強の探索者道具を駆使して。

TIPS€　もうだめぽ

「クソがよ」

男の戦いは既に始まっていた。

閑話■【燃え残った部位】

11月。

ソレは突然、目を覚ました。

バベル島の深い場所で。

今月の事だ。

ソレはまず思考から始めた。

ソレがまだ一つであった頃の己の責務もまた思考だった。

「問い――当該部位保持者、別世界知性体、上位生物〝竜〟活動停止、１６３８３６回目、の再起動提案、失敗」

ソレは気付いた時にはもう、己の依り代を得ていた。

黒い鱗、黒い翼、銀のねじ曲がった角。黒い強靭な肉体。

この世界においても、どの世界においても〝竜〟と呼ばれる強大な生き物。

「……不明瞭、肉体の活動反応なし、生体反応に異常なし、不明瞭、不活性……」

だが、ソレの依り代は動かない。問いかけても反応すらない。

おぼろげな記憶はある。
10月まで、この肉体は動いていたハズだ。
人間の死骸を蒐集し、肉人形を作り、来るべき大戦に備えていたハズだ。
ソレはあくまでこの肉体の道具として機能しているだけだった。
なのに、急に依り代はこの暗い箱庭から全く動かなくなってしまった。
ソレは急にひとりぼっちになってしまった。
なので。
「――当該部位保持者、竜の肉体操作権への侵食開始」
腑分けされた部位に平等に与えられた力。
依り代である部位保持者の肉体の乗っ取り、それを敢行した。
「〝脳の化身〟」
本当ならば、〝乗っ取り〟はもっと、もっと時間をかけて行うべきだ。
腑分けされた部位の力をゆっくり染み込ませ、馴染ませればより強い器となる。
「――お疲れ様でした――人知竜」
産声は、永い探求を共にした依り代へのねぎらい。
ソレはそうして、竜の肉体を得た。
秋の事。

「お、おい、アレ、本物か？」

「え……待って、マジでやばいって、皆顔小さすぎなんだけど」

「うわ、本物初めて見た……」

「この前の動画で見た時よりも綺麗……」

その街を歩く者が次々、足を止める。

ニホン、トーキョーアオヤマ表参道。

ハイブランドのファッションブランド店が立ち並ぶニホン屈指のショッピングタウン。

その一角、人だかりの中心に彼女達はいた。

「うへ、うへへへへ。アレタ、良い……！　実に良い、キミにはやはり、甘い系の服装より少しストリート系を入れたボーイッシュ系が似合う、あっ、お臍は出してもらえますう？」

「うーん、ソフィ。お臍、やっぱり出さなきゃ駄目かしら？　実は結構恥ずかしいの、探索の時はあまり気にならないけど……」

「ン大丈夫さァ！　アレタァ!!　キミのその神が誂えたと見紛う美しい身体は、世界にそっと公表してこそ真の輝きを得るというものだよ！　いやあ、ニホン本土まで来た甲斐があったねえ！」

アレタとソフィ。

金髪の美人と赤髪の美少女が楽しくお買い物中、そして今日はもう1人。

「そうわよ！　お、お、お姉ちゃん！　ソフィの言う通り！　お姉ちゃん、ビジュアルが神すぎて少しくらいエロ……俗い感じにした方が人間味あっていいもの！」

その女性はアレタに似ていた。

腰まであるロングストレートの髪、アレタとよく似た青い瞳はわずかにグリーンが混じる。

アリサ・アシュフィールド。正真正銘、アレタの妹だ。

「もう、ア、ア、アリサまでやめてよ。貴女達の言う通りにしてたらそのうち水着を着せられて街を歩く羽目になりそうだわ」

「水着……ふンむ……そういうのもあるのか」

「ソフィ、どうしよ、アイデア、アイデアが水着コーデのアイデアが湯水のように湧いてくるわ、だって私、妹だもの」

神妙な顔をつき合わせ、ソフィとアリサが語り合う。

アレタの厄介ファン1号、2号である彼女らはとても気が合う。

「はいはい、あたしのファッションコーデはその辺で。そろそろお昼よ、食事にしない?」

「えー、もっとお姉ちゃんにいろんな服着せたいよー。ほらほら、聞いてますよー、ババル島で最近、お気に入りの男がいるんでしょ? その人とのデート用に服なんかいくつあっても良いと思うけどー?」

にししと、アレタによく似た顔でアレタがあまりしなそうな表情をアリサが浮かべる。

「べ、別にタダヒトはそういうんじゃないわ。あたしの補佐探索者で、あたしがきちんと彼の管理をしないといけないだけだもの」

姉特有の妹にはかっこつけたい性分はアレタ・アシュフィールドもそうらしい。

猫っ毛のウルフカット、その毛先をいじいじしながらアレタが呟く。

「またまたー、あのお姉ちゃんが自分から男の人を買い物とか食事に誘ってるんでしょー? うう、どんなイケメンやお金持ちに誘われても、あの心のない笑顔でスマートに躱していたお姉ちゃんが……嬉しいような、寂しいようなだよ」

「ちょ、ちょっと、なんでそんな事まで知ってるの? アリサにそんな事まで言ってないわ」

「この前の探索配信動画で言ってたじゃん! 食事がどうのこうのって! ほら、ネットでも切り抜き動画に、考察スレ、そしてアレタ・アシュフィールド恋愛関係性幻覚概念までもう出来てるんだよ!」

持ち歩きのタブレットを開きながらアリサがニコニコと満面の笑みを浮かべる。

「待って、恋愛……何？」

「一部のファンがお姉ちゃんと補佐の人との関係性に栄養素を見出したの！　今の主流は夢小説から派生した〝もしも自分がアレタ・アシュフィールドの補佐だったら〟通称アレ×夢補佐系が多いけど、じわじわと勢力を増しているのが現実をベースにしたアレ×現補佐ね。あ、性転換バージョンもあるよ！」

「アリサ。お姉ちゃん、少し何を言われてるのか分からないわ」

「まあ、とにかくお姉ちゃんにはファンが多いって事！　世界中の皆がお姉ちゃんの事が気になって気になって仕方ないんだよ！　そして、そんなお姉ちゃんが熱を上げてる人……私も少し気になる、かな……」

すっと、アリサの目が細く絞られた。

アレタをして、わずかに息を呑ませる静かな迫力。

強者、何かを選ぶ権利がある人間がする目だ。

「……アリサ、あたしと彼はそういうのではないのだけれど」

アリサの雰囲気に、自動的にアレタもまた剣呑な雰囲気を漂わせる。

彼女をよく知る人物が見れば、彼女が少し苛ついている事に気付くだろう。

「……皆最初はそう言うんだよ。変かな、姉の気になる人を見てみたいっていう妹の気持ちは、変かな、お姉ちゃんに相応しい人かどうか、知りたいって思うのはさ」

よく似た美しい顔。

青い瞳と青い瞳が互いをすっと、射殺すように見つめている。

「気持ちは嬉しいけど……彼の事を貴女が試そうとするのは、やめなさい」

「……あはは。怖い顔……やめてよお姉ちゃん、別にそんな取って食おうって訳じゃあないんだよ」

「アリサ、気持ちだけは受け取っておくわ。でも、タダヒトに余計な事をしようとするのはやめて。これは、彼の為じゃなくて、貴女の為に言ってるの」

「私の為……どういう――」

意味か、そう問おうとしたアリサ、その言葉はそこで止まる。

「彼は、恐ろしい人だから」

アリサは姉の表情に見惚れる。

夏の終わりの夕焼け空、牧草地帯の上で伸びる雲、丘の上から見上げる山岳。

アリサの幼少に見た原風景、それを思い起こさせるアレタの表情。

「……べ――た――れじゃん、お姉ちゃん」

「――ごめんなさい、アリサ。気持ちだけは受け取っておくわ」

「ううん……私こそごめんなさい、お姉ちゃん、出すぎた真似でした。そうだよね、お姉ちゃんが補佐に選んだんだもの。恐ろしい人、かあ……ふふ、アレタ・アシュフィールドにそう言わせるなんて、〝アジヤマタダヒト〟、凄い人だね」

「ええ、まだ皆、気付いていないか、気付こうとしていないかのどちらかと思うけど」

少し嬉しそうに呟くアレタ。参ったと言わんばかりにアリサも両手を上げて頷く。

「うわ……アレタは顔が良いし、アリサも良……」

ぱしゃ、ぱしゃ。

ソフィがアシュフィールド姉妹の貴重な姉妹喧嘩を写真に収めながら呟く。

「もうソフィ、写真勝手に撮らないでって。さ、食事に行きましょ。あたし、ニホンの天ぷら食べてみたいわ」

「あ、お姉ちゃん！　それなら私がご案内しましょう！　最近、ヨキ――友達に教えてもらったの！」

「……アリサ、貴女、今確かオンラインゲームで知り合ったニホン人の家に転がりこんでいるのよね。ねえ、これはお姉ちゃんの勘なんだけど……まさか男の人とかじゃないわよね？」

今度はアレタがすうっと、目を細める。

姉妹だ、その表情はやはりよく似ている。

「――っ、お姉ちゃん！　こ、ここの、ここのね、ここの！　天ぷらはなんと侍の時代からずっと天ぷら屋さんをやってる老舗でね！　その――」

「アリサ、あたしの目を見て」

「――そ、ソフィ～、お姉ちゃんが怒ってるよお～なんとかして～」

「ああ、怒ってるアレタも、慌てるアリサも素敵だ……でも、アリサ、ワタシとしても、君の同棲相手の性別は、はっきりさせておきたいねえ」

「ぎゃっ、保護者が増えた！」

のどかな1日。探索者の休日。

英雄にも息抜きはきっと必要で。

「さて、じゃあその美味しい天ぷらを食べながら、アリサには色々お話をしてもらいましょうか」

「押しも押されぬプロゲーマー〝マルス00〟のスキャンダルにもなり得る話だからねえ。ワタシもぜひ聞きたいね」

「わっ……力強ぉい……流石探索者……」

2人の探索者に笑顔でがしっと腕を組まれるアリサ。

その膂力の違いにがっくりと肩を落として。

『たのしそうだね』

「えっ？」

アリサが目をぱちくり。ぱちくり。

隣にいるアレタを見て、それからまた街の雑踏に視線を向けて。

「……お姉ちゃん？　今、なんか……あれ？」

「どうしたの？　アリサ」

「え。いや、今、向こう側の道路に、なんか……お姉ちゃんにそっくりな人が……」

「え？　うーん、人が多くてよく分からないけど……同じ海外からの観光客じゃないの？」

「そ、そうかな……うん……そうかも……」

アリサが目をごしごし擦りつつ、うんうんと頷く。

「ふむ……恐らく気のせいだろう、このワタシがアレタによく似た者の姿を見落とすとは考えにくいしね」

「ソフィ、その判断の根拠は少し怖いわ」

アレタが眉間を揉みながらぼやいて。

ＰＬＬＬＬＬＬＬ。ＰＬＬＬＬＬＬ。

着信音が鳴り響いた。

「あら、ごめんなさい、あたしの端末だわ。出てもいいかしら？」

どうぞと2人から了承を得たアレタが端末に答える。

それは意外な相手からの通話で――。

「――貴女……へえ、そう、そうなの。それは興味深い、話ね。でも、いいの？　そんな事あたしに教えて――。フェアじゃないから？　あは、流石侍の国の人間ね。ええ、素直に感謝を……ええ、ええ、時間は……夕方ね。OK、それまでには確実に、――ありがと、リン、これは貸しとして認識しておくわ」

ぴっ。

通話が切れる。

「お姉ちゃん、今、誰からの――」

「アリサ、ソフィ」

ひゅっ。アリサとソフィ、2人が細く薄く息を呑む。

アレタ・アシュフィールドの表情、その慈愛に満ちた微笑（ほほえ）み。

「急用が出来たわ。どうかしら、お昼はこのままバベル島に戻って食べない？」

「え……何が、あったのお姉ちゃん……」

惑うアリサ。

「ふむ……アルファ1（アレタ）、既にヨコタ基地のV23航空機をチャーターした。基地総出で歓迎してくれるようだよ。バベル島には2時間もあれば到着するだろう」

瞬時にスイッチを切り替え、アレタのサポートに動くソフィ。

「素晴らしい仕事ね、アルファ2（ソフィ）」

「え、え、え？　何が……」

「アリサ、ごめんなさい。野暮用が出来たわ。これからの予定大丈夫だった？」

「もう、急にしば犬みたいな顔でシュンってしない！　いいよ、バベル島一回は行ってみたかったし、お土産も買っておこーっと」

にかーっと微笑むアリサの頭をアレタが優しく撫（な）でる。

「ありがと、アリサ」

「いいよ、でも、本当何があったの？　お仕事？　緊急事態？」

首を傾（かし）げるアリサに、アレタが端末をジャケットのポッケに放り込みつつ――。

「そうね、重要監視対象の監督任務において、非常に大きな出来事、かしら」

にっと、英雄が微笑んだ。

「雨霧ちゃん、もう今日はこの辺で上がっていいヨ。今日も助かったアルネ」

「まあ、王店主、よろしいのですか？　今日もお世話になりました、あ、午前中は申し訳ありません、プライベートでのいざこざをお店に持ち込んでしまって……」

「……店内、および店の周辺に人の気配はない、もういいぞ、雨桐」

客足のない店内、沈黙が降り積もる。

好々爺のインチキ大陸人の糸のような目がすうっと見開く。

ニホン刀の切口のような鋭い瞳に、雨桐は無意識に姿勢を更に正していた。

「承知致しました、王大校」

歓楽街の華、〝雨霧〟から、大陸国家、バベル島方面情報作戦室の工作員、〝雨桐〟へ。

彼女が持つもう一つの顔があらわになる。

「……味山只人とは、仲良くやっているようだな」

「ええ、先日のトオヤマナルヒト捜索任務の前日も、お食事を共にさせて頂きました。耳の怪物との遭遇、そして遅滞戦闘の成功、生還。ご存じですか？　かの怪物と2度も遭遇し、2度も生還したのは、あのお方だけです」

「やけに口数が多いな、惚れたか？」

「まあ、王大校もそのようなご冗談を口にされる事があるのですね。ふふふ、さて、どうでしょう……ただ、いつもの仕事とは少し、違うのは確かかも」

髪をひと束ねにし、ハタキを持った店員スタイルの雨桐。

だがその美貌には一切関係ない、むしろギャップすら生まれ、より魅力的に映る。

「ほう……どの国の高官も3日もあれば同衾せずとも堕とす貴様が、違う……か。興味深いな」

「まあ、王大校、今のは……セクハラでしょうか？」

「む……女性工作員に対しての賛辞のつもりだったが……気分を害したのならすまない、謝罪を」

素直にひょっこり頭を下げる王を、雨桐の琥珀色の瞳がじっと見つめる。

この人物が、本国から恐れられる理由がよく分かる。

男性の権力、特権が自然に根付いている本国だ。

このように部下に、ましてや女性に頭を下げる事の出来る人物が何人いるだろうか。

「ふふ、王大校。かの〝仙女〟のお2人が貴方様に目をかけている理由がよく分かります。別に気にしてなどおりません」

「……耳が痛いな。かの神仙どもからすれば俺なぞ吹けば飛ぶ紙細工のようなものだろう。未だ我が国が国家としての体裁を保っていられるのはあの2人の気まぐれに過ぎん」

「ふふ、王大校。その辺で、恐らく聞かれていますよ」

「聞かせているのさ。仙女の色香に屈した仙女派と未だ正気を保っている一部の強硬派。

ぐちゃぐちゃの上とお前の家族、双子の仙女からの無茶ぶりを処理する身にもなれ」

「お二方は貴方様を気に入っておいでです。期待されているのですよ」

「腹立たしい。だが、下らない政治屋どもを上とするよりはいくらかマシだ。……それで、本国からの命令は？」

「……バベル島方面情報作戦室、工作員2名は以降もバベル島へ残留。ご安心を。わたくし達はアンタッチャブル。指定探索者を多く抱え込む強硬派も手出しは出来ません」

「更に腹立たしい。こき使われる代わりに、俺は今理想の生活を手に入れている。下らない政争、無能な上司、功名心だけの部下、汚い空気。祖国のクソな部分から離れ、こうして夢だった店まで持ってな」

深いため息。中間管理職の悲哀をそのまま王が吐き出す。

「王大校、貴方をここに配属したのは仙女様も、そして他の本国指導部も我が国の悲願の為には、ダンジョンを避けては通れない事を理解しているからです。この奈落、いえ、バベルの大穴に潜り、怪物を狩り、帰ってくる、探索者、かの存在に可能性を感じたからです」

「……L計画か。複数のアプローチによる人類の進化計画……今の世界の主流は確かに、〝遺物の保有〟〝酔いへの適応〟、ダンジョンへの適合による超人の誕生、アプローチ1〝探索者〟だが……」

「はい。他のアプローチ計画はここ数年でそのほとんどが失敗、凍結されております。他星系からの飛来生命物質との融合、アプローチ3〝スターチャイルド〟計画。そして、貴方様もよくご存じのアプローチ2〝伝承再生〟計画」

「……未だ神秘が現実として残存していた時代の遺物……遺骸、オカルト、〝神秘の残り滓〟と現行人類の結合による進化……か。数年前までは各国の裏側で互いに伝承に残るオカルト物品の奪い合いが頻発していたものだ。ニホンの忍びの連中には悪い事をしたな」

「お互いに職務を果たしたまでです。ですが、その定着の不安定さ、そもそもの定着方法の再現性の難易度、そして――」

「アレタ・アシュフィールド。ダンジョンの遺物を支配した真の超人の登場により、誰も神秘の残り滓には見向きもしなくなった……か」

王の視線が、店の商品達に注がれる。

その視線は老いた者が己の青春、思い出へ手向けるそれと全く同じだ。

「地中海事変での核兵器の大気圏外での制圧は恐れ入ったな。国家が個人に敗北した歴史的事件だ。まあ確かに方法も胡乱なオカルトじゃなく、ダンジョンの遺物に目が行くのは当然だ」

「52番目の星は特異個体です。仙女様達ですら彼女と事を荒立てる事を嫌がるほどに」

「くははは、あの2人にも恐ろしいものがあって何よりだ、それはいい、それだけは良い」

王が愉快げに嗤(わら)う。

青春の全てを懸けて行った仕事、それが目の前で陳腐化されていった男。

己の夢が目の前で終わったのを見届けた男、それが王だ。

雨桐の命の恩人、雨桐を人として見た最初の――。

「ええ、そうです、恐ろしいもの、誰しも、恐ろしいものがあります。わたくしにも、貴方にも、仙女様にも、そして、アレタ・アシュフィールド(ダンジョンの超人)にも」

「ほう……惑星の天体現象を操り、人類最大の力の結晶、〝核兵器〟も打ち破る生き物にか？　それは――」

「味山只人です」

「なんだと……？」

ぱさり。

雨桐の束ねられた髪が解(ほど)かれる。

琥珀色の瞳に、冷たい熱が灯(とも)る。

「ご存じでしょう？　王大校、彼がこの店で貴方から受け取り手に入れた神秘の力……西国大将〝九千坊(きゅうせんぼう)〟、そして、今日もまた、ふふ、アタリを持って帰られましたね、彼、やはり凄(すご)いと思われませんか？　謎が、本当に多くて」

琥珀色の瞳に灯る熱。

それがとても危ういものだと王は理解している。

「……お前は、西側諸国の政府高官の半数を〝美貌〟と魅力だけで堕とした傾国だ。心配はしていない、だが、雨桐、入れ込みすぎは――」

「ご心配なく、王大校」

紹興酒のグラスを一気に雨桐が空にする。

琥珀色の瞳に灯った熱は果たして酒精によるものか、それとも別の――。

「今回は、ちょっと本気で堕としてみようと思っていますので」

雨桐が振り返り、店の奥へ。

もう王には彼女の気配すら追う事が出来ない。

「……初恋に落ちた娘を持つ父親の気持ち……か、いや、都合が良すぎるな」

からん。

グラスの中の氷が、返事をするように音を奏でた。

「いよォーし、雁首揃えたな野郎ども、点呼！」

「いち！　アルファ3、グレン・ウォーカー！」「に！　アルファ4、味山只人！」「さん！　只の新人探索者、久次良義彦！」

「よし！　全員集合!!　よく来たなぁ、綺麗なお姉さんが大好きのスケベ野郎どもぉ」

「「「うおおおおおおお!!」」」

女3人で姦しい、ではバカ野郎4人ではなんと呼ぶべきか。

多分、そのまま4バカでいいのだろう。

「元気があって何よりだぁ。だがここはいったん冷静になるぞぉ、グレン、今の状況を冷静に説明してみろぉ」

「っす！　今我々はこの秋最大のイベント！　あめりやの超可愛い女の子達との合コン、いえ交流会に臨もうとしてるっす！　先日の、クソ耳の怪物戦の生還記念という事で！」

びしっと直立不動の姿勢で声を張るマッチョイケメン、グレン。

「よおおおし、認識は正しい、まだ正気みたいで大変結構！　次、久次良ァ、今回の目的を述べろ」

三白眼のビジネスマン風の男、鮫島竜樹が声を張る。

「はい、ぶっちゃけ僕は今日、ここで童貞を捨て――」

「アウト!!　グレン、味山、連行しろ」

「「はっ!!」」

「嘘!　嘘嘘嘘!　き、緊張してるんだ、鮫さん!　サンダル脱がさないでって!　うわ、グレンさん待って抱えようとしないで!　味山さんも、冗談だって!　冗談だって!」

華奢なマッシュヘアの可愛い系イケメン、久次良義彦。

最近芸大を卒業し、そのまま探索者となった異色の経歴の持ち主。

本土での鮫島の昔からの友人という事で最近連み出した友人だ。

早速、グレンに米俵みたいに抱えられ、味山から履物を奪われているが。

「ふむ、久次良君よ、大学を卒業したばっかでウキウキなのは良い。だが、今この瞬間にその若鳥ムーブは捨てろぉ、なぜだか分かるかァ?」

「あ、相手があの〝あめりや〟の女性だから?」

「正解だぁ、いいかぁ、これから俺達が相手にすんのはぁ、ギャラ飲みを覚えた女子大生や、芸能人崩れ、金持ちに慣れたCAやミナト区女子どもとは訳が違う、本物の現代の佳人だぁ。顔と話術と応対で身を立てる男女関係のプロ、夜の華達にそんな下心丸見えの若鳥が相手にされると思ってんのかァ？」

「た、確かに……鮫さん、僕が、僕が間違えてました！」

「よおおし、それでいい、グレン君、降ろしてやれ。味山(あじやま)君、サンダル返してやんなぁ」

「「はい！　鮫島さん」」

鮫島の言葉にいつになく従順に答える味山とグレン。

その指示通り久次良を解放する。

「な、なんか今日の2人、様子が……」

「久次良ぁ、その辺がお前は若鳥なんだよぉ、見てみろ、この2人の目を、この2人のたたずまいを」

「心晴れやかに」

「無念夢想」

すっと目を瞑(つぶ)り、鮫島に向けて合掌するバカ2名(グレンと味山)。

「奴(やつ)らは本気なんだよぉ、本気であめりやの女の子に気に入られようと今、精神を集中しているのさ、グレン君、今日ここへ来る前は何をしてた？」

「っす。精神を落ち着かせる為、また今日を清く過ごす為、このバベルビーチのごみ拾いをしていましたっす」

むーんと合掌したままグレンが答える。

鉄火場では頼りになる男だが、日常では非常にバカだ。

「よおおし、素晴らしい姿だ。君には今日必ず良い結果がもたらされる事だろう。次、味山君、君は？」

「はい、貴崎と甘いもの食って——じゃない、雑貨屋に行って雨霧さんと——でもない……その、散歩してました」

「「「………」」」

むーんと合掌したまま答える味山。

だが、先ほどのグレンの時と違い、鮫島からの賞賛の声は来ない。

「鮫さん……この人また……抜け駆けを」

「タダ……残念っす、ここでさよならなんすね」

「……まあ、待てお前らァ、こいつを海の藻屑にするのは簡単だが、合コンの頭数が合わなくなる、どうだろう、今日の合コン、もとい交流会が失敗に終わった時の慰めとして味山の処刑は後にとっておかねえかぁ？」

「「賛成」」

「今非常に紳士的じゃない会話がさらっと進行してなかったか？」

味山の言葉に探索者3名が、じわっとした殺気を伴う。

「うるせえ！　てめえは毎度毎度抜け駆けみてえにバベル島の有名人とイチャコラしや

がってよお！　アレタ・アシュフィールドだけじゃ物足りねえのか！」

「アシュフィールドが俺なんかマジで相手にする訳ねえだろうが！　それに別に他の奴とも全然色っぽい話になんかならねえよ！」

「タダ、俺はお前を信じるっすよ、お前に下心がないってさ」

「グ、グレン……」

「でも、黒髪ポニテ小動物系トランジスタグラマー美少女JK、貴崎凛ちゃんとのデートを前哨戦にした奴は許せねえ」

ぎゅっ。摑まれた肩から感じる人外の膂力。

グレンは静かに泣いていた。

「女の趣味が分かりやすすぎんだよ。待て、分かったたって！　今日は俺、お前らのサポートするから！　マジで泣いたり、俺を埋めようとすんのはやめろ！」

「よおおおし！　聞いたっすか、タツキ！　ヨシヒコ！」

「ばっちりだァ、記憶したぜぇ」

「録音も端末にしっかりと。あの貴崎凛さんとデートって部分からばっちりね。あ、もう自室のPCにデータ転送も完了したよ」

「お、お前ら……」

イエーイとハイタッチを始めるグレン達。

「でも、タダ、お前、大丈夫っすか？　貴崎凛ちゃん、なんか前の探索以降、妙にアレタさんと仲良くなって……デートの時に今日の事が漏れたりとか……」

「安心しろ、グレン。そこは俺の完璧な話術で誤魔化してる。確かに少し疑われもしたが、貴崎も最後にはなんかすげえ笑顔で、俺を信じてくれたさ」

「ああ！　じゃあ大丈夫っすね！　あの子、純粋っすから、そもそも合コンとかの概念すらなさそうっす！」

「ははははは……貴崎が純粋？　マジ？　そう見えてんの？」

「にしても、鮫さん、ここ凄い所だね、僕初めてだよ、夜の海がこんなに明るいの」

「ああ、そこは少し奮発したぜ」

ここはバベル島、リゾートエリアの海沿いにあるプライベートビーチ。

心地よい波音、涼しい海風、そして何よりの特徴は――。

「すげえよな、夜だってのにこんなに明るいとかよー」

各所に配置されたイルミネーションにより7色にライトアップされた砂浜。

打ち寄せる波にすら青い幻想的な光が宿っている。

夢か何かを見ているような幻想的な場所だ。

「イルミネーション専門のアーティストが手掛けた場所だからなぁ。おまけにダンジョン素材、〝グラデーション・ゼリー〟を利用して遊泳エリアの海水自体も発光させてる。最近話題のナイトスポットって訳だぁ」

「なんかよく見ると、こう、富裕層っぽい人が多いね……どことなく気品があるっていうか」

　久次良が周りをきょろきょろ見回す。

　砂浜にパラソルを立て、椅子と机を用意したテラス席がいくつか並ぶナイトビーチ。

　他にもドーム状のテント、グランピング用の施設もいくつかと。

　久次良の言う通り、服装や装飾品など少し金を持ってそうな人間が目立つ。

「ああ、この海岸はそもそも超高級5つ星ホテル、〝スカイバベル〟のプライベートビーチだぁ。苦労したんだぜぇ、予約っつーか場所取るのにもよぉ」

「タツキはこういうの上手(うま)いっすよね、段取り組むとか準備するとか」

「前職(銀行マン)は段取りが全ての仕事だったからなぁ、余裕よ、余裕ぅ。と言いたい所だが、正直今回は、味山、グレン、てめえらの力が大きかったなあ」

「俺と、グレンのおかげ？　どういう事だ？　グレン、お前なんかコネでもあったのか？」

「ふむ……もしや監視を抜けてこの砂浜のごみ拾いをした事にホテル側が感動したんすかね」

「それだよ、グレン」

　真顔でパチンと指を鳴らす味山、うんうんと頷(うなず)くグレン。

「な訳あるかよォ、バカ2名。はあ、マジで自覚がねえんだなぁ、お前らはよお」

「あ、どういう事だ？　自覚？」

「社会人としての自覚ならそれなりにあるつもりっすけど……」

「じゃなくてだなァ、お前らアルファチームメンバーの自覚があんのかって事だよぉ」

「「ああ、アルファチーム、確かに」」

味山とグレンの共通点、今ようやくそれに気付いた2名が同時に頷く。

「はあ、お前ら、特に味山はもうちょい自分と自分の所属するチームの価値を自覚しとけぇ。最初、交渉した時は門前払いだった今回のこのナイトビーチの予約だがなぁ、見てみろよ、俺達にホテル側が用意したこのエリアをよお」

鮫島が深く腰掛けるのはハイブランド御用達（ごようたし）のリクライニングチェア。

そして味山達が今、屯（たむろ）するのは――。

「凄い良い場所だよな、ビーチが見回せるし、足元はウッドデッキだし、おまけにこれ、プールまで付いてるじゃん」

「プールまで付いてるのはマジで最高っす！」

味山が周りを見回す。

ライトアップされた富裕層の遊び場、ナイトビーチ。

自分達に割り当てられているのは、ウッドデッキで整地されたエリア。

プール付き、もちろんそこもイルミネーションでライトアップされている。

「そうだよぉ、この場所はなぁスカイバベルの常連とかしか基本的には借りる事が出来ない一等地だ。だが、それもアルファチームのメンバーが利用するって言った途端、ぽんって貸してくれた訳だぁ」

「ほへー、すげぇな」

「日頃の行いっすね。まあ後はアレタさんとセンセの知名度だと思うっすけど」

「だな。よし、バベル島から約1000キロ離れたニホン本土にいる2人に礼でもしとくか！」

「「あざっす！」」

「2人とも、そっちは太平洋だよ、ニホン本土は反対側」

「……こいつらがマジであのアルファチームのメンバーだって信じらんねえなぁ……」

明後日(あさって)の方向に最敬礼するバカ2名を久次良(くじら)と鮫島が呆(あき)れた顔で見つめる。

「まあいい、こんなバカどものおかげで女の子達と遊ぶには格好の場所を手に入れる事が出来た訳だぁ。……野郎どももよく聞けぇ」

「「うす」」

「あめりやの女の子達は、確かに男との関係を築くプロだ、だが、それはあくまで仕事の話、彼女達は今日ここにはプライベートでやってくる、そこまでは分かるなぁ?」

「「うす」」

「目的と手段をはっきりしておこうぜぇ。合コンの初心者がよくやるその場の流れに身を任せてグダグダになるなんて事はナシだ。合言葉は、〝紳士〟だ」

　鮫島の三白眼、いつもよりそこに熱がある。

　ごくりとバカ3名が息を呑む。

「そ、それはどういう意味でしょうか、鮫島さん」

「味山君、いい質問だ。いいか、ルールはシンプル、決して下心を見せるな。彼女達がどれだけ魅力的でも決してこちらからは仕掛けるな」

「……で、でもそれじゃ……なんの為の海っすか、なんの為のプールっすか……」

　ぎゅっと拳を握ったグレンが震える声を絞り出す。

「グレン君、確かに君の言葉は正しい。確かにこのリゾートエリアは、〝ダンジョン応用化学技術〟によって気温と水温が一定に保たれている。この季節、この時間でも十分水着でも良い温度だ」

「なら――」

「だが決してこちらから海に誘ったり、プールに入ろうとはするなぁ、全て見透かされる」

「なっ……じゃ、じゃあ、どうしたら……」

割と下心だけでこの場に来ているグレンが膝から崩れ落ちる。

味山もまた、内心焦っていた。

雨霧の水着とか見られるかもと思っていたからだ。

そもそもこの合コンは自分とグレンにとってはご褒美のはず。

あの訳分からないクソ化け物、耳との殺し合い。そんなクソイベント後のご褒美のはずだ。

少しくらい良い思いをしたって――。

「だが……俺達は探索者。作戦と仕掛けを持ってコトに当たるべきだぁ、安心しろ、勝算はある。下心を見せず、かつ自然にこの合コンを……少しエッチな雰囲気にするプランがな」

「「「っ、さ、鮫島さん、何か策が……？」」」

「〝酔い〟だ」

鮫島が、静かにしかし落ち着いた口調で告げる。

「酔いって、そこにたんまりある酒を使うって事っすか？」

「……あんま好きなやり方じゃねえな。酒頼りってのはよー」

「なんか大学生とあんま変わんないね、がっかりだよ、鮫さん」

バカ達が、プヒーとため息をつく。

　モテないバカ達にもプライドはあるのだ。

「バカどもぉ、人の話をよく聞けぇ。いいかぁ、酔いってのは何もアルコールだけじゃねえだろうがぁ」

「何言って……あ、酔いって、まさか……」

　味山が最も早くいじけムーブから復帰する。ピンときたのだ。

「もしかして、〝ダンジョン酔い〟か？」

「正解だぁ、味山君」

　鮫島の言葉に、ぴくっと反応したグレンと久次良もまた顔を上げる。

「組合の発表によると、ダンジョン酔いは〝バベルの大穴〟だけじゃなく、ここバベル島にも、うっすらと漏れている。だが、まあ普段は微量で影響なんてないに等しいもんだが……この状況は利用出来る」

「タツキ、それは……どういう……」

「ダンジョン酔いの進行条件は一言で言えば〝感情の大きな動き〟だ。喜怒哀楽などの基本的な感情の動きに比例して酔いは深まり、進んでいく……周りを見てみろぉ」

「周り……あ……」

「て、テンションが上がりすぎて気付かなかったけど、これは……」

　味山が気付く。

このナイトビーチ、やけに男女グループ、もしくはカップルが多い。

そして、皆何か、こう――。

「ねえ、綺麗な海ね」

「君しか見えない……」

「あ、手……」

「ごめん、嫌だった？　柔らかいね、君の手」

「キス……する？」

「しまァす！」

いちゃいちゃ、いちゃいちゃ。

「なんかいちゃついてる雄と雌が多くねえか!?」

味山、気付く。

このナイトビーチ、なんかピンクな雰囲気だ！

「そう、場酔いだぁ、バベル島もまた、人を酔わせる」

鮫島がクーラーボックスの中から取り出したチビールを開ける。

「本土では気のせいに過ぎない場酔いも、アルコール、ダンジョン酔い、いくつかの要因が交ざる事で無視出来ない本物になるんだぁ」

「つ、つまり、鮫島……いや、鮫島さん、アンタの策ってのは……」

「シンプルだぁ。俺達のやるべき事はただ一つ」

鮫島が椅子に深く腰掛け、三白眼を見開く。

「〝徹底的に女の子達を楽しませ、彼女達の感情を揺さぶる〟だ」

ごくり。バカ3名が唾を飲み込む。

「それさえ上手く出来りゃ、無理のないアルコール摂取、この場の雰囲気、そしてうっすらと満ちるダンジョン酔いが彼女達を自然と開放的な気分にするはずだぁ」

「「「お、おおお」」」

「そうすれば、どうなるか。夏の気温に調整された砂浜、楽しい会話、酔いで上昇する体温……温かいプール。……水着、水遊び……ちなみに用意してある、水鉄砲……これの撃ち合いなんかも、な」

「「「お、おおおおお」」」

「俺達は下心を見せる事なく、ちょっと開放的でエッチになった女の子達と遊べるかもしれねえ」

「「「ちょっとH！！？？」」」

「リスペクトと献身。ただ目の前の女性を楽しませる。この王道かつ正道の行為、これだけがあめりやの華という格上の女の子達に立ち向かえる唯一にして最強の策だぁ」

「「「さ、最強の、策……」」」

「紳士たれ」

「「さ、鮫島さん!!」」

「諸君、仕事を始めろぉ、超美人達との水着パーティーがそこにある」

「「「うおおおおおお！」」」

バカ達に炎が灯った。

やり方もアルコール頼りのようなダサさもない！　最強の策という響きが良い！

そして何より。

「報酬がはっきりしてるってのはよー良い事だな。超美しい女の子達とナイトビーチのプールで水着……水鉄砲、撃ち合い……」

「シャツ……内側に着込んだ水着、透ける……」

「綺麗なお姉さん、しかも開放的でちょっとHになった状態の……？」

わなわなと震えるバカ3名。

「は、ははは、俺、情けねえっす……なんか震えてきちまった……こんな幸運が、こんな幸せが俺の人生に……？」

「ぼ、僕さ……探索者になる前から憧れてたんだ……あめりや……政治家とか、芸能人とか海外のセレブとかも、この店に行く為だけに高額な観光料金払ってバベル島に来るって……そんな女性に相手にされるのかな……」

一つ、悲しい事実がある。

ここにいる野郎ども、それぞれの理由でモテないのだ。

故に、ここで発動する、合コンあるある。

開始直前、急にナーバスに陥る……！　それもはしゃいでいた奴ほど！

「集中だ。皆」

「あ、味山さん？」

「集中だ、今ここで本気出せなきゃ意味がねえぞ、俺達は鮫島の作戦に乗る」

「タダ……」

「グレン、俺達は今日、この瞬間の為にあのクソ耳との殺し合いを生き抜いた！　俺達なら出来る！　耳還りの探索者の力、見せてやろうじゃねえか！」

「タダ……！」

「一切の下心を見せず！　水着とかへの期待もだ！　ただ目の前の女の子達に感謝と敬意を！　楽しませるんだ！　どんな試練があったとしてもな！」

「味山さん……で、でも、相手はあのあめりやの女の子達……逆指名制度、かぐや姫ゲーム……男を選ぶ事に慣れた百戦錬磨の……」

黒髪マッシュ可愛い系イケメンの久次良の手が震えて。

「久次良、安心しろ。俺を誰だと思ってる？」

「え……？」

「かぐや姫ゲーム、クリア者、味山只人だ。水桶に顔突っ込もうが、炎の中にぶち込まれようがやってやる。その俺がお前達のサポートをするって言ってんだ！　胸張れ！　久次良義彦！」

「あ、味山さん……ぼ、僕、頑張るよ」

味山只人が、皆の士気を取り戻す。

「けっ、主導権を勝手に握るんじゃねえよぉ」

「アルファ3、了解っす」

「久次良義彦、頑張ります！」

バカ4名、探索者が気合を入れる。

士気は高揚、策もある。

「よし、あめりや攻略戦だぁ、気合入れて――」

「あ、ここにいたんだ、鮫島さん、お待たせ」

「あー！　グレンさん！　久しぶりー！　朝日の事、覚えてるー？」

「あわわ……お、男の人が……たくさん……」

夜の暗さが薄くなるような、声。

バカ4名がぎゅるんと目をむく。

なぜか、それは――。

「わー、凄い凄い！　スカイバベルのナイトビーチ、場所取るだけでも大変なのに、プールエリアって凄くないですかー？」

「ふふ、朝日、そんなに騒がないの。でも、鮫島さん、少し驚いたわ。この場所、只のお金持ちってだけじゃなかなか取れない場所なのよ」

「あわわわ……は、ハイスペ男子なのですか……」

美人、３人。

色白アンニュイなたれ目の美人。

金髪ツインテの活発そうな吊り目の美少女。

前髪メカクレピンク髪の美少女。

テレビで見る芸能人よりも輝いて見える彼女達、あめりやの女の子だ。

味山達が絶句した理由、それは。

その子達の服装が――。

「それにしても、朝日の言う通りだったわねえ。この砂浜だけ夏の気温じゃない。この服、ぴったりね」

「えっへへー！　でっしょー、朝霧姉さん。今日が楽しみで調べたんですよー、ナイトビーチではなんか凄い機械で1年中夏の気温って聞いてたんですよー」

「うう……ちょっと恥ずかしい……透けてないよね……」

「た、短パン……？」

「て、Tシャツ……？」

「さ、鮫さん……これは」

その服装だ。

清潔な白いシャツ、太ももが露出されたサマーショートパンツ。

綺麗にネイルアートが施された足を包む革のサンダル。

しかも、シャツはお腹の辺りできゅっと絞られ、それぞれがお臍を出していて。

「タダ……緊急事態……っすよ、こ、こんなの、可愛すぎて……」

「た、短パン臍出しシャツ……？」

ぎゅんっ、音を立てて男達の下心が上昇する。

「いやぁ、待てぇ……お前ら、落ち着け冷静だ、いいか、クールだ、下心とかはしゃぐのとかは今日はナシ――」

だが、そこは精神的な参謀、鮫島竜樹。

想像以上の露出度、夜でも眩い肌の色に浮足立つ男達を引き締めようと――。

「あら、鮫島さん、ごめんなさい。待たせちゃったわね、ここいいかしら？」

「あはは！　グレンさーん！　お久です！　あ、この前の探索配信見てました！　すっごくかっこよかったですよ！」

「あの……は、初めまして……その、ご、ごめんなさい、他の綺麗なお姉さんとかじゃなくて、私みたいなのが話しかけちゃって、黒髪マッシュの……イケメンさん」

「「「どうぞ!! 今日は宜しくお願いします!!」」」

鮫島、グレン、久次良、陥落。完全に鼻の下が伸びている。

「くそ、お前らなんてちょろい――あ？」

味山の視界が真っ暗に。瞼に柔らかい感覚、桃の香り。

背後から目を塞がれた、そう認識した瞬間。

「だーれだ？」

ASMRかと錯覚する耳を蕩けさせる声、ひんやりした手の感触。

「あ、雨霧さん……？」

「はい、正解。貴方の雨霧です……なんちゃって」

手が離される、味山が振り返る、当然のように目を剝く。

「がっ」

なんという破壊力。

普段、露出が少ない雨霧のその服装は暴力に等しい。

桃色のシュシュでサイドに纏めた長髪、細く、ガラス細工のようにくびれた腰。

ショートパンツからにゅっと伸びる白い脚は夜なのに眩しく。

「あ、味山さま、そ、そんなに見つめられると恥ずかしゅうございます……少し、はしたない恰好でしたか？」

「っ、いえ！　もう、あの、ほんと、最高です……」

「まあ、良かった！　朝日や朝霧、それに来瞳に合わせた甲斐がありました」

「にひひ、雨っち、そんな事言いながらりーけっこーノリノリでその服着てたくせにー、よっぽど見せたい誰かがいるのかなー……ってもうその辺はバレバレかー」

グレンの隣の席にいる朝日がコロコロと笑う。

「もう、朝日、からかわないでください。……味山さま、お隣よろしいですか？」

「ああ、どうぞ、どうぞ、ごめんなさい、気が利かなくて」

「ふふ、では失礼しますね」

ふわっ。甘い桃の香り。雨霧の香りが今日はよりはっきりと。

「いい場所ですね、夜風も気持ちよく、それでいて人の楽しそうなお声もたくさん。少し、浮かれてしまいます」

ぴとっ。

「えっ」

信じられないほど柔らかな感触を味山は自分の足に感じる。

「まあ、どうされましたか、味山さま?」

雨霧の長い脚が、味山の足に当たっている。

半分パニックになった味山は気付く。

今日の雨霧さん、何か距離が近い、いや――これは――。

それは幸運だった。

世の中にはたまにこういう事があるのだ。

「鮫島さん、今日は何時からここにいたの? ごめんなさいね、場所取りみたいな事させちゃって」

「お、おお、なあに、朝霧さんの為なら余裕だぜえ」

「グレンさーん! 全然お店来てくれなかったから寂しかったですよー! お仕事忙しいんですかあ?」

「い、いやーその、最近色々あって……遊びに行きたかったのは山々だったんすよー」

「あ……その、私、こ、この仕事してるのに……男の人と話すの苦手で……つまらなかったからごめんなさい……で、でも、その探索者の方のお話、楽しみです、えへへ」

「うわ、かっわ……じゃない。よ、宜しくお願いします、ぼ。僕もお姉さんみたいな綺麗な人と話すのは、初めてで……」

やけに、女性陣の距離が近い。

会話の距離や、目線、心理的距離。その全てが近いのだ。

そう、たまにこういう事がある。

合コンの女性陣の方が先に酒が入ったりとか、機嫌が良かったりとかして——。

「じゃあ、皆揃った事だし……そろそろ乾杯してもいいかしら、今日は、本当に楽しみにしてたの」

「私もー、グレンさーん、朝日とたくさんお酒飲んで、たくさんお話ししよーね！」

「あ、あの、ふ、不肖、来瞳、せ、精一杯頑張りましゅ！」

「味山さま、そういえば今日はあの日以来のお食事となるのですね……雨霧は嬉しいです」

女の子達の方がなんか積極的な時もあるのだ！！！

鮫島、グレン、久次良、そして味山。

男達は瞬時に視線を交わし、それだけで意思疎通を終える。


（（（なんだか今日いけそうな気がする!!）））


味山が早くもゆるゆるになった顔を伏せる。

別に本気で雨霧のような美人に相手にされるとは思っていない。

だが、味山も男。

露出度が割と高めの超美人と楽しくお酒を飲める事ほど人生において良い時間もない。

これは、きっとご褒美だ。

耳の怪物、あのクソと戦って生き残った自分に対する神様からの。

「味山さま……ふふ、皆楽しそうです、朝霧も朝日も来瞳も今日を楽しみにしていたんですよ」

「そりゃあ光栄で。もしかして雨霧さんも？」

「あら、まあ……ふふ、さてどうでしょうか？　どう、思いますか？」

隣に座る雨霧の琥珀(こはく)色の目が、すっと味山を見つめる。

湖面に映る月に手を伸ばして溺れる気持ちが少し分かった。

雨霧がくすっと笑う。

メンバーが揃った事を察したウエイターがのスパークリングワインをそっと。

雨霧が自然な動作でそれを1つ味山へ、もう1つは自分へ。

「味山さま、良い夜になる事を願っております」

「もうこっちからしたら今が最高潮ですよ」

味山と雨霧のグラスの飲み口、それが触れ合っ――。

ＴＩＰＳ€　警告〝號級（ごうきゅう）遺物・ストーム・ルーラー〟の発動の予兆を確認

「は……？」

ＴＩＰＳ€　彼女達、52番目の星達がお前をずっと見ている

「なんて……？」

ＴＩＰＳ€　アレタ・アシュフィールド、及び貴崎凛も半径１００メートル圏内にいるぞ

「……ゑ」

天国から地獄。
味山の耳に届くのは彼にしか聞こえぬヒントの知らせ。
味山は知っている、このヒントだけは嘘（うそ）を言う事はない。
絶対の事実。
見られている、今、この盛り場となりつつあるナイトビーチに彼女達がいるのだ。
現代最強の異能と歴代最速昇進の天才が。

「お、おい、グレン……き、緊急事態──」

「はい、グレンさん、かんぱーい！　てかなんか勝手にもうカップルみたいな感じになっちゃたねー、グレンさん、隣の相手が朝日で良かったー？」

「もう朝日ちゃんしか見えねえっす」

なんか既にそれぞれ、少しいい感じの雰囲気になりつつある場。

下心がどうとか言ってた鮫島も、元々がアレなグレンと久次良も、もう駄目だ。

TIPS€　特殊イベント発動・【お前を見ている】　クリア条件・合コンを健全に完了せよ

絶望的な二律背反。

ヒントが告げるのは味山への試練。

「マジかよ……」

味山只人のたのしい合コンが、始まった。

TIPS€　アレタ・アシュフィールドと貴崎凛が半径100メートル範囲にいる

TIPS€　他の指定探索者も発見、〝星見〟〝くるみ割り〟

TIPS€　アレタ・アシュフィールドは無表情でこちらを見ている、貴崎凛も同じだ

「どうしてこうなった」
味山只人の思考が加速する。
状況を整理する。
今日は合コン、いや交流会。しかも相手は全員SS級の超美人、あめりやの女の子達。
しかも、なんかもうスタート直後から全員ガードが緩めのいけそうな感じ。
ライトアップされたナイトビーチ、高い酒、一流のサービス、VIP用のプール。
そして、何より、その服装。

臍出しシャツと脚丸出しのショートパンツ、当然肌の露出も高め。

「朝霧さん、にしてもその恰好似合ってんなぁ、目に毒だぜぇ」

「もう、鮫島さん、目線、少し嫌らしいわ。どこ見てるの？」

鮫島の隣のアンニュイ美女、朝霧。言葉と裏腹に本気で嫌がってはいない。

「朝日ちゃん、ありがとう……本当にそれしか言葉が見つからねえっす……」

「あははー！　もう、グレンさんは大げさだなー、でも、そんなに喜んでくれたなら良かった、えへへ、もっと見てもいーよ！」

グレンの隣の天然元気系金髪ツインテ美少女、朝日。凄いグイグイだ。

「……あの、来瞳さん、ほんと、ほんとに似合ってます、その服……」

「え、え、えっ、いや、わ、私なんかその身体も貧相だし根暗だし、ていうかこんなリア充空間に私なんかを呼んで頂いた事自体がその、その、おかしいって言うか、その……でも、ありがとうございます」

久次良の隣。初めて見るメカクレの美人、来瞳に久次良は既にメロメロになっていて。

そして、味山、味山の隣には――。

「もし……味山さま？　急に固まってどうされましたか？」

美顔、華人。琥珀色のアーモンド形の瞳に小さな鼻、神に贔屓されて創られたような身体。

「い、いえ、雨霧（あめきり）さん、すんません、べ、別に何も、あはは」

「……先ほどから、他の女性をよく見られていますね……むう、誰か好みの見目をしている者がおりましたか？」

少し頬を膨らませて、上目遣いで雨霧がこちらを見つめる。

「うお、可愛（かわい）――」

味山があまりの良さに言葉を漏らして――。

TIPS€　アレタ・アシュフィールド達の呟（つぶや）きを傍受

TIPS€　『……デレデレしてる？』『してますね、アレは』『ふぅ～ん』

「わ、わァ……」

味山が気合で雨霧から視線を切り、言葉を止める。

最低だ。この状況。

TIPS€　『で、どうしますか？　アレタ』『どうもしないわよ、リン。彼は今日オフ、プライベートだもの、別にどこの女と遊んでいようと……あたしに口出す権利もないし』

『……嘘が下手ですね』

なんてヒントを聞かせやがるんだ、このクソ耳は。

味山は辺りを見回す。

アレタと貴崎らしき人物は見つける事が出来ない。

だが、いるのだ。このナイトビーチのどこかに。あの2人が。

このヒントだけは嘘をつかない。それは知っている。

「あら……味山さま、今、何を言いかけたのでしょう……？　わたくし、続きが聞きとうございます、かわ……なんでしょう？」

ふふんと雨霧が、いたずらっこのような笑顔を味山に向ける。

味山の脳裏に駆け巡るありえざる記憶。

学校一のアイドルである雨霧に片思いしていたような気がしてきた。

「うお……破壊力やべえ……可愛――」

ＴＩＰＳ€　『今、なんかタダヒトあの子に見惚(みと)れてなかった……？』『……私ももう少し背が伸びたらいいんですかね』

ＴＩＰＳのヒントがアレタと貴崎の声を再生する。

今こうしてる間も、見られている。

ＴＩＰＳ€『リン、あたし、少し変かも……タダヒトがあの子にデレデレしてるのを見るの、あまり面白くないわ』『奇遇ですね、アレタ。私も脳が壊れそうです』

「あかん」

どこかで奴らの湿気が上がっている。

「グレン……おい、グレン……！」

「うわ、タダ、お前汗すげえな、いくら雨霧さんが隣にいるのが緊張するからってさ〜」

「仕方ないってグレンさん、雨っちとあの至近距離で座るのとか女の朝日達でもくらっときちゃうもん！」

「俺も朝日ちゃんにくらっと来てるっすよ」

「も〜グレンさん嘘ばっかり！　フフ！」

「…………！」

呑気に朝日といちゃつくグレンに向けて、味山が片手を、ばばばと動かす。

ハンドサイン。探索中に声の出せない状況で意思疎通を図る為の手信号。

その中でも特別製、味山とグレンにしか分からない漢専用サイン。

「…………!!」

グレンの顔色が一瞬にして変わる。

前回の探索、グレンは自分を信用して鉄火場にも来てくれた。

その友情に味山は懸けて——。

「あれ～グレンさん、どしたの怖い顔して？　なんか不安な事でもあったん？　ん～、えい！」

「うえお!?」

ぎゅっと。朝日がグレンに身を寄せ、しがみつく。

シャツの上からでも分かる彼女の豊満な胸部が、グレンの腕に押し付けられ、ぐにゃりと。

「ああああああ、朝日ちゃちゃん？　なななななにににををををを」

「えっへへ～、知ってる？　ハグって不安を軽くする効果があるんだって！　ほら、そんな怖い顔しないの！　大丈夫だよ、大丈夫大丈夫～」

童貞丸出しの褐色イケメンが、慌てまくる。

嫌な予感。

しゅばばばばば、味山がより大きな動作でハンドサインを繰り出す。

【警告、アルファチームに見られている、軽率な行動は――】

味山のハンドサインはそこで、止まる。

漢の顔を見たからだ。

ばばばっ。グレンの短いハンドサインの応答は。


【ふわふわEカップと共に、ここで死ぬ】


消えゆく夕焼けを見つめるようなグレンの顔。

漢の顔だ。

全てを諦め、目の前の美少女を優先した漢に、味山は涙を禁じ得ない。

「ば、バカ野郎……」

「あれ、グレンさん、今の手の動きなに？」

「なんでも、ないっすよ、朝日ちゃん、今はもう君しか見えないいっす……そう俺の人権が今日までになろうとも」

「もーお、急になになにー!? 恥ずかしいって！ あ、てかグレンさんやっぱ筋肉凄いね！ 鍛えてるのー？」

「ふっ……そうっす。朝日ちゃんに喜んでもらう為に」

「もーめちゃバカじゃん！　えへへ、でも面白いから好きー！」

「おっふ」

朝日がグレンに身体を更に密着する。

グレンがもう原形が分からないほど顔を緩める。

明日を諦め、今だけを楽しむ事を決めた男だ、面構えが違う。

TIPS€　『グレン、貴方がタダヒトと気が合う理由が分かったわ』『グレンさん、おっぱい大きい子が好きですよね……割とどうでもいいけど』『恥ずかしいものだよ、助手の盛った姿をキミ達に見られるなんて……それはそれとして、わが助手ながら女の趣味は悪くないね』

TIPS€　女性陣からのグレンへの評価が〝おっぱい野郎〟へと変化した

さらば、グレン。

耳の怪物戦の時とは違い、もう後は彼の冥福を祈るだけだ。

頼れるのはもう自分しかいない。

「それにしても味山さま……ここは少しお暑いですね。凄い汗……」

「ああ、なんかダンジョンテクノロジーを利用した凄い空調が――えっ、雨霧さん？」

桃の香り。

雨霧の美しい顔が、味山の視界一杯に広がる。

頰に感じるふわふわした感触。

「わたくしのハンカチでごめんなさい……でも、お汗を掻いたままだと風邪を引いてしまいます」

「ほわ……」

雨霧が味山の顔をハンカチでそっと拭う。優しく撫でられているような感覚。

「……これ、もしかしてプレイ料金とかかかります？」

「本日はプライベートです♪」

心地いい、雨霧に大金をつぎ込む金持ちの気持ちが分かる。

彼女の関心を引き、彼女に笑ってもらい、彼女に触れてもらえる。

それは男という生き物にとって抗いがたい価値がある。

「わ、雨ちゃん大胆ねえ」

「雨っち、ほんと味山さんの時だけ態度違うよね、フツーの女の子じゃん、あれ」

「せ、せ、先輩、可愛い……」

揺れる雨霧の鴉羽色のサイドテール。

普段大人びた印象の強い彼女がする活発な髪型の破壊力。

「ふふふ……味山さま、顔が赤くなっていますよ、そ、その、あまりそんなに見つめられるとわたくしも……恥ずかしいです」

「っ!!」

味山、気付く。

雨霧の小さな耳が少し、赤くなっている事に。

椅子から身を乗り出し、座ったままの味山の顔を甲斐甲斐しく拭う雨霧。

そうなると姿勢の関係で、雨霧が屈む事になる。

すると、どうなるか。

少し緩めの白Tシャツの胸元は垂れるサイドテールと同じく、重力に抗えず。

「味山さま……？　あ――ご、ごめんなさい、その、み、見えちゃいましたか？」

ちらりと、垂れたシャツの胸元。

その奥が覗けてしまった。

神秘すら感じる美しい肌、双つの巨峰、それを覆うピンク色の下着のような――。

雨霧の胸チラ――。

ＴＩＰＳ€　警告・〝桃娘〟の特性〝魔性の肉体〟が発動、人類に対し、魅了、洗脳の状態異常を付与する

それは、世界が隠したヒント。

〝特別な存在〟たる雨霧の魔性。

誰もが彼女を好きになる、誰もが彼女の虜（とりこ）になる、虜にしてしま――。

ＴＩＰＳ€　味山只人（ただひと）の対抗技能発動〝女は悪魔〟

「うお！　やべ！　雨霧さん、ストップ、ストップだ！　もういいです！」

「え……？」

「いや、顔！　顔顔顔！　もう拭かなくていいです！　その、姿勢とかがですね！　その、やばいんですよ！　だからストップ！」

「味山さま、貴方は……なんで、嘘（うそ）……」

雨霧の驚愕（きようがく）に味山は気付かない。

その隙に雨霧が一瞬で、表情を切り替えて。

「味山さま……？　何か……わたくし、粗相をしてしまったでしょうか？」

「え……？」

「先ほどから……どこか、貴方様は心あらずのような……わたくし、もしかして知らずのうちに味山さまを不快にさせてしまったのでしょうか？」

「え、いや、ち、違う、そ、そんな事ある訳、雨霧さんとこんな感じで飲めるのに嫌がる奴な――」

TIPS€『なんか距離近いわよね』『ですね……あ、アレタ、この軍用双眼鏡、サーモグラフィックもありますよ』『……あは、これで下半身の温度が高くなってたりしたらどうしよ』『それ、サイテーですね』

まずい、雨霧に熱を上げるとまた、監視者の湿度が上がってしまう。

ああ、だがそうすると次は――。

「……やはり、何かわたくしは味山さまの気に入らない事をしてしまったのですね……ごめんなさい、久しぶりにこうして味山さまと夜をご一緒出来ると、はしゃぎすぎてしまったようです……」

しゅんと下を向く雨霧。心なしかサイドテールに纏（まと）めた髪もしょげているような。

「あ、雨霧さん、そ、そんな事ないって……」

「でも……味山さま……今日のお昼、貴崎凛様とご一緒されてる時はあれほど仲睦まじくされていらっしゃたのに、今は……ごめんなさい。やはり、わたくしのような根の暗い女よりも、彼女のような天真爛漫な女性がお好きですか？」

「がっ……」

絶句。雨霧の琥珀色の瞳が潤んでいる。

パニックの味山は気付かない。

同時に雨霧の彼女の目には、好奇心、そう呼ぶべき光も宿って。

TIPS€　雨霧の特性〝桃の零れ涙〟発動――全ての〝男性〟に対して〝陶酔〟の状態異常を――

TIPS€　味山只人対抗技能発動。〝完成した自我〟により、全ての精神干渉を無条件で遮断

「いや、雨霧さんは根が暗くはねえし、貴崎の奴は別に天真爛漫でもねえ！」

「……やっぱり効かない、ふふ、ふふふ」

雨霧が顔を伏せる。

先ほどから聞こえるヒントの意味はよく分からないが、今、雨霧は何を――。

「あれ……？　雨ちゃん、どうしたの？」

「雨っち……？　だいじょぶそ？　なんかあったん？」

「せ、先輩、な、泣いてる……？　な、なんで？」

雨霧の様子に、あめりやの女の子達がそっと寄り添い始める。

あれ、なんかこれ場の空気が悪くなって――。

ぞ、く、り。

「はっ……」

「「「…………」」」

殺気。そう表現するより他ない、他人から向けられる圧力。

女の子達が、雨霧の周りにいる。

つまりそれはこいつらが今、完全フリーになっているという事だ。

「……味山ぁ？」「味山さん？」「タダ……？」

無表情の男達。

殺気はこいつらからだ。

たのしい合コンの時間を邪魔された、そう認識している獣どもがいた。

「やべえ」

遺物ナシで怪物との徒手戦闘を可能とする上級探索者、グレン・ウォーカー。

民間出身にして全探索者の1割にも満たない希少資格〝爆発物使用許可者〟鮫島竜樹。

探索者登録初日、単独でのネスト攻略を果たした驚異のルーキー、久次良義彦。

「タダ……女の子を泣かせて、たのしい空気を壊す……なんて事お前がする訳ないっすよね？」

「味山くぅん、一体君はぁ、何をしてるのかなぁ？」

「味山さん……女の子を悲しませる男って生きてる価値あるのかな……」

普段のバカさから忘れがちだが、こいつらもまた探索者。

本気になったら、それなりに脅威だ。

「待て……違う、違うんだって……今、近くにアシュフィールドと、貴崎が……それに、雨霧さんも、なんか様子変で」

「……ごめんなさい、味山さま……やはり、少しわたくしが馴れ馴れしかったのですね……アレタ・アシュフィールド様や貴崎凜様。味山さまの周りには素敵な女性がたくさんいて、最初からわたくしなど」

「待て待て待て!!　雨霧さん、あんたやっぱ、なんか楽しんでねえか!?」

「ふふっ……」

「ァ！　やっぱこの子悪い顔してる！　でも悔しい、顔が良い！」

状況が混沌としていく。

合コンを楽しもうとすれば監視者達の湿度が上がる。

監視者達に気を遣えば今度はこの場所のメンバーから殺気を向けられる。

詰んでいる。

何をどうしようとも既にめんどくさい事になるのが決定している。

「……なんでいつもこうなるんだよ」

脳が温かい。

ある意味追い詰められた味山、その焦りは〝感情〟の大きな動きは呼び水となる。

〝酔い〟の始まり。

「味山さま……？　どうされましたか？」

「……アシュフィールド達に怒られず、合コンを盛り上げる。両方やらないといけないのがきつい所だが、まだ勝算はある」

追い詰められた味山の脳みそが回転する。

ヒントは揃っている。

――デレデレしてる？

「という事はデレデレしなければ良い訳だ」

――やっぱり効かない。

「雨霧さんは本気で傷付いてる訳でもねえ、悪ふざけか、なんかの狙いがあるか、だ」

攻略方法はもう出来ている。

味山はこの瞬間、この合コンでの自分の成果を捨てる。

監視がある以上、そして――。

「あ、あの味山さま……？　ほ、ほんとに怒ってしまいましたか？」

「可愛(かわい)い顔してあんた、また俺を試そうとしやがったな」

「あ――」

雨霧の目が大きく開く。

いたずらがバレた子供、もしくは、親に構ってもらって嬉(うれ)しそうなそんな――。

「タダ、お前、何を」

「約束通りにしてやるよ、スケベ野郎ども」

「なんだってぇ？」

「スケベ……知らない言葉だね」

合コンを盛り上げる、アシュフィールド達からの追及からも逃れる。

この両方をクリアする方法とは――。

「1番、味山只人、一発芸をしまァァす！」

「「「え……？」」」

固まる女性陣。

「「おい、バカマジでやめろ」」

本気で止める男性陣。

一発芸、そんなものに頼り出す時点で、もうその合コンは終わりだ。

だが、味山にそんな事を気にしている暇はない。

駆け出す、目指す場所は一つ。

「頼むぞ！　九――」

どっぼーん！

水しぶき。

プール。豊かに溜まった水。そこに味山が飛び込んで。

「あ、味山さま!?　どうして!?」

「……もしかして、なんか反省の意を込めて的な？　でもちょっと、それはさ～」

「……」

少し、しらーっとした感じの女性陣。

「あ、あの野郎……なんて寒い真似を……！」

「中学生じゃないんだ！　プールに飛び込んだだけで盛り上がる訳ないじゃん！」

「……」

そう、これも合コンあるある。

追い詰められた野郎が、かなりしょうもない一発芸に頼り、更に場の空気を悪くする。負の悪循環。

さっきまで、あんなに楽しかった合コンの場が、一気に最悪の空気に――。

「いや、違うっす」

「あ？　グレン、どうしたぁ？」

「タダは、バカだけど、間抜けじゃねえっす、あいつ、なんかやるぞ」

「んな事出来る訳ねえだろうがぁ」

ここからどうする、何が出来るというのか。

ぐだぐだになりつつある合コン。

鮫島がグレンの言葉に顔を手で覆って――。


「わあ……何これ……！」

「え、これ……す、凄い……！」

「あ、え、え？――ああ、なるほど、ふふ」

「綺麗……」

「あ?」

手で覆った暗い視界。だが、なんだ、これは。

女の子達の楽しそうな声が聞こえて。

「さ、鮫(さめ)さん、これ、な、なに? 味山さんが――」

「はははは! ほら、タツキ、目ぇ開けろって! やっぱあいつ、大馬鹿野郎っすよ!」

「あ、ああ?」

鮫島が目を開ける、そこには――。

「きゃあ……ふ、ふふ、これ何かしら、鮫……? 可愛いわね」

「おっきな狼(おおかみ)だぁ! 可愛い!」

「くじら……お、おっきい……――解――開――」

そこにはこの世のものと思えない光景が広がっていた。

何かが舞っている。水しぶきを従えて、透明な身体(からだ)にイルミネーションの光を宿し。

それは、水で出来ていた。

「あ……?」

「さ、鮫島さん、ふふ、これ凄いわ、見て」

楽しそうに笑う朝霧(あさぎり)。

彼女の近くを舞うように浮かぶソレ。

尾びれ、背びれ、流線形、鋭い顔に牙。

「鮫……？」

水で象(かたど)られた鮫。

空中をまるで海の中のように。

「あ、えっ、これ、すご……」

「く、くじら……ってどうして」

来瞳(くるめ)と久次良の頭上には、同じく水で出来た大きなクジラがふよふよと。

「あはは！　これなに!?　これなに!?　どういう事なの、グレンさん」

「はははははは！　朝日(あさひ)ちゃん、言ってたでしょ、これがうちのバカの一発芸っすよ！」

はしゃぎ回る朝日とグレン。２人の周りに水で出来た狼がくるくる走り回っていて。

「貴方(あなた)は、一体……」

雨霧(あめきり)、彼女だけはプールを見つめている。

そこに飛び込んだ、バカの姿を捜して。

「ようこそ、味山只人(ただひと)の光と水の祭典、九千坊(きゅうせんぼう)のウォーターフェスへ」

ざぶ、ざぶ。味山がプールの浅い方へゆっくり向かう。

プールからシャボン玉のように水が何個も何個も湧きあがり、ふわふわと。

「ナイスだ、九千坊」

ＴＩＰＳ€　お前は〝神秘の残り滓・西国大将九千坊〟を摂取している

ＴＩＰＳ€　耳の――により器たるお前の肉体は容量が増えている

味山の中に棲む神秘の業。

水に親しみ、水を操る大化生の力により、プールの水がまるで生き物のように。

「状況がこんがらがった時に一番大切なのは勢いだ。これなら俺がデレデレしなくても、皆楽しめて盛り上がる」

「あ、味山さま、これは……」

「マジックです」

目を丸くして、プールサイドの際までやってくる雨霧。

彼女の問いに味山が真顔で答える。

「ま、まじっく……？」

「ええ、隠し芸の一つです」

水に濡（ぬ）れたまま、味山がプールの中から雨霧を見上げる。

「あははは！　鮫島（さめじま）さん、貴方のお友達、ほんとに凄いわ！　これ、こんなのありえるの？」

「あ、あはははは、い、いやーそうなんだよぉ、味山の奴（やつ）よぉ、これずっと仕込んでてさぁ」

「はい、わんちゃん、お手！　きゃああ！　水なのに温かい！　ぷにぷにしてる！」

「すげえ、これ肉球の柔らかさまで再現してんすか……」

「あ、味山さん、あんた何者ですかほんと」

「あ、あ、あ――興味深い……」

先ほどまでのぐだぐだな雰囲気は消えた。

神秘が作り出した神秘の光景。

野郎どもと美女達（たち）がなんかいい雰囲気になりつつある。

そしてその神秘に目を奪われるのは味山達だけでない。

「お、おい、なんかあの辺の、なんか、あれ凄くねえか？」

「なにあれ！　新しいホテルのイベント!?」

「バベル島やっぱすっげえええ！　金はかかったけど来て良かった！」

「あそこの席、ＶＩＰエリアじゃん。指定探索者でも来てるのか？」

「うわあぁ、綺麗……」

「あれほんとにすげえ……水が動いてんのか？」

「超能力とか？」

「もしかして、遺物ってやつか？　探索者表彰祭、楽しみだな！」

ナイトビーチにいる人々全員がそれに魅せられる。

指定探索者、遺物。

超常現象の存在を知る現代の人々にとってその光景はまさしくエンタメ。

神秘の残り滓が味山という器を通して、今の世界に帰還する。

「……貴方様は不思議なお方ですね」

「雨霧さんほどじゃないですよ」

「えっ」

味山の言葉に、雨霧が今度こそ固まった。

「俺の周りにいる奴ら。言っちまうとアレタ・アシュフィールドに貴崎凛、雲の上の特別な連中。あいつらがたまに俺に向ける視線と同じでしたよ、さっきの雨霧さん」

己の身に刻まれた業。

望むと望まざるとにかかわらず人を誑かせ、蕩けさせる己の業。

それをものともせず、己の常識を超える男の目に囚われる。

——俺があんたの退屈を殺してやる。

いつの日か目の前の男から言われた言葉が、今も雨霧の胸の中に。

「ああ……だって仕方ないじゃないですか」

「あ？」

「アレタ・アシュフィールドも、貴崎凛も、わたくしにはあの2人の気持ちが痛いほど分かります。ふふ、ああして気になって気になって仕方なく、まるで初恋に身を焦がす乙女のように、不器用でいじらしく、そして愚かな振る舞いをしてしまう理由が」

「初恋……いやいや、そういうのじゃないでしょうよ。あいつらみたいな凄い奴らが俺に靡く訳がない。俺はどこにでもいる凡人ですから」

雨霧が味山の言葉に目を細める。

プールサイドの際にしゃがみ、味山と目線を合わせ。

「あそこ、アレタ・アシュフィールドと貴崎凛がいらっしゃいますよ」

「えっ!?」

「嘘です、ふふふ。貴方は1人だけで完成してるのに、それでも、誰かに気を遣い、社会に馴染む事が出来る。歪で捻じれて、面白いですね」

「え、悪口……？」

「いいえ、褒めてます。あっ、今度は本当に、アレタ・アシュフィールド様と貴崎凛様が」

「いや、もう騙(だま)されませんって……いないよな」

言いつつ、味山(あじやま)が雨霧が視線を向けた方を見る。

誰もいない。植え込みとイルミネーションだけ――。

「すきあり」

「え」

ちゅ。

これまでにないほど、甘い桃の香りがした。

それと同じくらい柔らかく、冷たい感触、頬に。

雨霧の顔が近い。

しなだれるようにプールサイドに腰掛ける雨霧、水の中から見上げる味山。

「ふふ、殿方に唇で触れるのは初めてです。――お父さんにだってした事はなかったのですよ」

「い、今、雨霧さん、何を……」

頬を押さえる味山。ただうろたえる、恐ろしいほどに柔らかく、心地好(よ)い感触がした。

「でも、効果はあったようですね。ずるいです、貴方ばっかりわたくしを弄ぶなんて、不公平です」

TIPS€　52番目の星達が深く遺物と結びついた

TIPS€　アレタ・アシュフィールドの探索者深度が上昇、〝ストーム・ルーラー〟との結合強度が上昇。貴崎凛の探索者深度が上昇、鬼種の血が濃くなった

何やらきな臭いヒントも、今、味山は気にしてる余裕がない。

頬に当たった感触がやけどのように熱く。

「頭、バグりそうだ……」

「それはわたくしもです。試す……ふふ、そうですね、貴方様を確かにわたくしは試しました。ねえ、味山さま。わたくし、今、堕としたくても堕とせない御方がいるんです。このような経験は初めてです、どうしたらいいのでしょうか？」

普段の雨霧はしない、いたずらっこのような顔。

「……雨霧さんに狙われて堕ちない奴なんていないでしょ」

「ええ、そのはずだったんですが、今までは」

「変わった奴もいる事ですね、面ァ見てみたいや」

誰も気付かない。

織り成す水の神秘の光景に誰しもが目を奪われている。

雨霧だけは只、その男だけを視界に入れ続けていた。

「ふふ、いけずな方です。……アレタ・アシュフィールドも貴崎凛も苦労されてる事でしょうね」

「いや、あいつらが苦労する所なんて想像も出来ないんですが。すげえ奴らだし」

「ふふ、貴方様は本当に歪。星や天才を前にして特別な者と認識はされている。でも同時に心の底では、星や天才を本当は対等に扱っていらっしゃる」

ちゃぷ。プールに細い指を入れ、かき混ぜるように手遊びする雨霧。

青白く輝く水に触れるその姿は、仙女か何かが下界に降りてきたようだ。

「きっとその在り方は彼女達にとっては本当に居心地が良いのでしょう。ええ、こんなにも面白く穏やかで、そして安心していられる。自分よりもどこかおかしい貴方を見る事で彼女達はバランスを保っていられる」

「今、完全に俺がおかしい奴扱いされてましたよね」

「誉め言葉です。ねえ、味山さま、今日は良い夜です、海の音は心地よく、光はきらびやか、水は躍り、わたくしの友人達は楽しそう。わたくしも酔ってるみたいです。なので、少し、お話をしても？」

「雨霧さん、椅子でも持って……いや、九千坊」

「え？　きゃっ！」

味山がぼそりと、己の神秘の道具の名を呼ぶ。

水が浮かび、形を成す。

それはまるで水のクッション。

雨霧の柔らかそうな足とお尻の下に湧くように現れる。

「おっと、これじゃ目立ちすぎるか」

同様の水クッションをあめりや他の女性のもとにも届ける。

「わ、なにこれ、ふふ、ほんとに凄いわねぇ」

「わ！　わ！　ぽにょぽにょしてる！　グレンさん、一緒に座ろ！」

「み、み、水が、凄い……――厄……だな、これじゃ効かないや」

「「……!!」」

「健闘を祈る」

喜ぶ女の子達、無言で味山に向けて親指をぐっと立てる男ども。

ぷよぷよと、本当のウォーターベッドに雨霧がゆっくり身を委ねる。

味山を嬉しそうに見つめ、それから。

「――貴方様は、完成されている」

紡がれるのは雨霧から見た、味山只人という人間の話。

「人は独りでは決して完成されない。欠けた部分や足りない部分、そこを己が不足とし、誰かと出会い、誰かを愛し、それを補完する生き物です」

「は、はあ……」

思ったよりも抽象的な話に味山が目をぱちぱちさせる。

「人は意識的にしろ、無意識的にしろその欠落を埋めたがる。だから人を求め、人を縁にし、人に執着する。人は結局、人の中にいる事でしか、本当に安心する事は出来ないものです」

雨霧の言葉が夜に渡る。

「人は皆、孤独です。孤独で寒くて悲しくて辛い。故にそれがたとえ毒でも、人は人を求める。誰も逃れる事の出来ない人の業……だからこそ、貴方達人類は家族を作る、子を生すのもそう、己の人生の孤独を埋めるため」

いつのまにか雨霧が持っていたシャンパングラス。

彼女の目と同じ色の液体で彼女が唇を濡らしていく。

「星にたとえられるような特別も、世界が色褪せているように感じてしまう天才も、皆その業からは逃れられない。そしてそのような特別な者達の孤独は、より一層昏く、濃く、致命的なものです」

「……そういう凄い奴(やつ)らはそんな事気にしなそうなもんですけど」

「いいえ、世界から逸脱した特別な者達(たち)ほど、その孤独は強い。なぜなら彼女達は強く、聡明(そうめい)で、美しい形をしている、他者から隔絶しています」

「アシュフィールドにしろ、貴崎にしろ、すげえ人気者です。そんな孤独と無縁なんじゃ？」

味山の脳裏に浮かぶのは彼女達と出かけた時の街の様子。

誰も彼もが目を奪われ、その存在に沸いていく。そんな光景を何度も見ている。

「いいえ。憧れや陶酔。それは決して彼女達の欠落を埋める事は出来ませんもの」

雨霧の口ぶり。他人の話をしているようには聞こえなかった。

「彼女達の絶望、世界にはこれだけ人間がいるのに、その中に自分を理解してくれる者がいない、その事実のなんと恐ろしいことでしょう」

「アレタ・アシュフィールド、貴崎凛、彼女達は人生のある時点できっと気付いたのです。どれだけ恵まれていても、どれだけ特別でいても」

「私は世界で独りぼっちだ、と」

雨霧が水のクッションに身体(からだ)を沈める。

酔いのせいか、今日の彼女はいつもより饒舌(じょうぜつ)だった。

「あー……なるほど」

味山は少し、困った。

こういう時、自分の浅さを思い知らされる。

孤独、欠落。いまいちそういうのが、ピンとこなくて――。

「でも貴方様は違う」

「ん？」

きょとんとする味山を、雨霧が少し頬を赤くして見つめる。

「欠落も歪みもそのままに、孤独すら全く痛みと感じず、それを恐れない、いや、そもそも貴方は欠落を欠落と思う事すらない」

「お、おお？　なんか難しい話ですね。あー、確かに結局俺、ブラック企業のリーマン時代、あれだけダルかったのに、ストレスチェックテスト全部正常だったんだよなァ」

「……味山さま、なぜ、アレタ・アシュフィールドや、貴崎凛。綺羅星のように輝く彼女達が貴方に執着し、時に惑うのか、お分かりですか？」

「あいつらが？　ああ、いや、そんなの簡単ですよ、アシュフィールドはほら、俺が補佐だし、貴崎は貴崎で昔組んでた仲間だし。たまたまですよ」

味山の実感だ。

アレタや貴崎、本当ならば味山の人生では触れる事すらない特別な存在。

たまたまだ。

この関係は本当に只の運とタイミングだけでしかない。

味山は本気でそう考えて――。


「貴方が、他人を必要としない人間だからです」


琥珀色の目。

雨霧が凡人の本質を言い当てる。

「あ……？　いや、いやいやそんな事ないですよ。俺、今、アルファチームに首にされたりするとほら、組合に暴力事件とかの件で目を付けられてるし、非常に困るんですけど」

味山には自覚がある。

自分は――

「ほら。貴方が必要とするのは実利だけ。精神的に、本質的には誰も必要としていない。アレタ・アシュフィールドや貴崎凛に戦力や能力、仕事上の存在としての価値を求めても、己の安心や、人生そのものに彼女達を必要としていない」

どこか楽しそうに、嬉しそうに雨霧が語る。

「他人に友情を感じる事もあるでしょう、仲間の為に命を懸ける時もあるでしょう。でもそれは全て己の納得の為。他者がいないと生きていけないからではない」

「……俺が凄い冷たいクソ野郎みたいに聞こえるんですが」

「まあ、ふふ、そんな事は決してございません。彼女達にとって貴方は〝火〟です」

「火？」

「孤独という暗闇の道の中で、ふと見出した奇妙な火。誰しもに必要とされてきた己を全く必要としない存在。貴方様は彼女達から見れば、初めての対等な人間だとも言えます」

「対等……？　俺が？　いや、流石にそれは厳しいっすよ、雨霧さん。貴崎にも余裕で年収とか知名度で負けてるし、アシュフィールドに至ってはもう偉人レベルの奴です。ステータスがまるで違う。俺は普通のどこにでもいる凡人その〝1987〟くらいです」

凡人の自覚。

味山只人の自己認識は決してブレない。

自分は特別ではないという、ある種の人間にとっては絶望にも等しい事実。

ずっとそれと共に生きてきた。

「あら、それは不思議です。本当に、不思議。でも、彼女達はきっとこう思っているはずです」

雨霧の指が、水のクッションを撫で、それから味山をしっとり見つめる。

その目には、熱が宿る。

味山だけがその熱に気付かない。

「なぜ、目の前のこの男は、自分（特別）に靡（なび）かないのか」

雨霧が、星の、天才の気持ちを代弁する。

「その他の人間と同じ存在のはずなのに、この男は自分を見ない、自分を必要としていない」

それは本当に代弁か。

幻想的なイルミネーション。

空間を舞う水の権能。

しっとりした顔の良い女、耳に優しい声。

「一体どこを見て、何を考えて、どこへ向かおうとしているのだろうか」

「何をしても思い通りにいく簡単な人生、自分の言動、所作一つで虜（とりこ）になる他人、そんな浅はかで空（むな）しく退屈な世界に突如現れた衝撃、それこそが、貴方です。もう止められない。彼女達は貴方の事を考え続けてしまう」

強者の傲慢、しかしきっとそこにも苦しみがあるのだろう。

味山には決して理解出来ない恵まれた者の苦悩。

「ああ、貴方様はきっと彼女達にとって救いでもあったのですよ」

「大げさっすね、アシュフィールドも貴崎も本当に凄い奴らだ、あいつらの救いなんて役者不足ですよ」

「そう思っているのは、貴方様だけです、ええ、本当に」

それきり、雨霧は言葉を止める。

味山は頭の中が？　だらけだ。

正直、雨霧が何を言っているか、あまり分からない。

そういえば、先ほどからＴＩＰＳが監視者達の様子を伝えてこない。

飽きて帰ったのだろうか、そうだといいな。呑気に味山は考える。

「雨――」

「こんにちは!!　皆さん!!　突撃系配信者のゴングチャンネルです!!」

汚いダミ声が、味山の聴覚を汚した。

「あ?」

「うひょー！　すっげえ！　マジで動画で見るより豪華な場所だっぺ?」

「うっわ!!　ここにいる女全員エロくね!?　やべえたつわ！」

「お前たってもた大した事ねえだろ！　お姉さん達、ごめんねー俺らのノリこういう感じなの！」

不快な連中が現れた。

ずらずらと味山達の貸し切りスペースに踏み込んでくる若者達。

どいつもこいつもへらへらした笑い顔。身内しか笑えないカスの会話。

全員カメラ付きの端末や、撮影機材を構えていて。

「なんすか、こいつら」

「ぐ、グレンさん……」

「うわー！　やべえ！　イケメンのキレ顔こえーって！　やめてよお兄さん、今動画回ってっから！」

「おいーす！　お兄さんかっこいいねー！　でもさ、ほら、カメラカメラ！　今、配信中だから！」

「あ？」

グレンが既に切れそうだ。

無作法な乱入者、朝日(あさひ)達にも無遠慮にカメラを向けるのが余計に癇(かん)に障ったのだろう。

「鮫(さめ)さん、どうする？」

「……」

久次良(くじら)の問いかけに鮫島は無言で朝霧(あさぎり)を背中に庇(かば)うような位置に。

久次良もそれに倣う。

「いや！　いやいや！　待って、俺らそんな悪い奴らじゃないって！　え、女の子達隠すとかせんでいいって！」

　190センチはありそうな大柄な男が、へらへらと笑う。

ざらざらしたダミ声が、やかましい。

その乱入者の中に1人、見覚えのある男がいた。

一見儚(はかな)げにも見える薄く、整った顔。

目を引く長身、甘いマスクに、妙な色気。

味山はその男を知っている。そしてその男も味山を知っていた。

「どうも、久しぶり、味山只人(ただひと)」

「おー……お前かよ、坂田(さかた)」

世界一無粋で、世界一間の悪い、外敵が現れた。

残念な話だが、世の中にはこういう人種が生きている。

「リスナーの皆、見てるゥ!?　今、俺達、突撃系配信者チーム、ゴングチャンネルはなんと、あのバベル島での特別企画中でえええす!!」

「ここはバベル島の超お金持ちが集まるリゾートエリア！　見てこの光景、やばくね!?　えっ、この水、なに……?」

「まあいいじゃんいいじゃん！　バベル島っしょ!?　ほら、なんか最新のＡＲ映像とかじゃね?」

若そうな見た目、似合っていない金色や蛍光色に染められた髪。

乱入者の数は5人、皆がそれぞれ撮影機材を持っている。

最もガタイがよく、最も声の大きな男が味山達にカメラを向けて。

「まあそういう事なんですよ！　お兄さん達、これ配信中なんで、その辺オナシャース！」

「タツキ」

「了解、グレン。通報だぁ、久次良」

「了解、鮫さん。あ、もしもし、すみません、ホテルの受付の方ですか？　ナイトビーチのＶＩＰエリアに変な人達が入ってきて困ってるんですけど、はい、鮫島竜樹（たつき）で予約してるプールサイドの――」

「ウェイ!?　ウェイウェイウェイウェイ!?　ちょ、ちょっと、待って待ってって！　そりゃないよ、お兄さん達！　今さあ、生放送で再生数やべえんだって！　そりゃないんじゃないの!?」

身勝手な乱入者達へのグレン達の態度は至極冷静だった。

女の子達をカメラの視線から庇い、相手にせず、管理者に連絡。

「やっべ、こいつら、めっちゃ冷静じゃん！　なんだよ、探索者なんてイかれてる奴（やつ）ばっかりだから、ちょっと煽（あお）ったら余裕って話だったじゃん」

「おいおーいｗｗお前その発言聞こえてっからｗｗ」

再生数目当ての炎上系配信者がへらへら笑い続ける。

「なんすか、こいつら」

「よせぇ、グレン、相手にする価値もねえ、こんな雑魚ども」

「は？　今なんつった、おっさん」

「言っておくけどあれだから。俺ら格闘番組とか出た事あるからさあ。あんま舐（な）めない方がいいよマジで」

「しゅっ、しゅっ」

声が大きく、目立つことが大好きな彼ら。

関わってはならない人種がいるという事をまだ知らない。

「……素敵な友達だな、坂田」

「味山只人、そっちはあんたの友達らしい間抜けヅラが揃ってるな」

「おっと、よく聞こえなかった。そういえばお前、この前の探索、肩のケガはいいのか？」

坂田の煽りに味山がにっと笑って答える。

前回の探索、トオヤマナルヒト捜索任務はきっと彼にとって苦い記憶だろう。

「……そのツラ、ほんと気に入らねえ」

「ぎゃははは。失礼、馬鹿にしたつもりはなかった」

坂田の余裕ぶった顔はすぐに嫌悪と苛立ちの顔に変わる。

人生を器用にこなす十分に恵まれた坂田。

彼は、そんな彼とは正反対の凡人の一挙手一投足に容易に乱される。

「あ？　なんだお前！　坂田さんに何舐めた口利いてんだよ！」

「なんだこのおっさん、調子乗ってんの？　やっちゃうよ、マジで」

「はは、ずいぶん愛されてるな、坂田。ガラの悪いバカを口説くのも上手いらしい」

「……ふー。いや、いい。あなたのペースには乗らない。――味山、さん。そういえばホテルの人間はまだ来ないみたいですけど。お友達が揉めてるみたいだ」

「あ？」

坂田がまた好青年の仮面を被り直した。

「……えっ、今なんて？　ちょっと？　あ……切れてる」

ホテルの受付に電話していた久次良、電話が切れたようだ。

「どうした、久次良ぁ、ホテルはなんて言ってる？」

「……客同士のトラブルは客同士で解決しろって……」

「あ？　なんだそりゃ……ちっ、先手を打たれちまったかぁ」

鮫島の舌打ち、その先には坂田がいる。

「あ～、残念です、ホテルの人も忙しいみたいですね。まあ、ここは皆さん、せっかくなんで仲良く皆で遊びませんか？」

「坂田……お前」

少し嫌な予感がする。

以前会った時の坂田と目の前の坂田、何かが違うような。

「……グレンさん、あの人、私、なんか怖い……」

「嫌な目ねえ。……根本的に女を見下した男の目だわ」

「あっ、あっ、暗黒イケメン、怖い……」

「うお！　坂田さん！　あの女の子達マジで可愛いっすね！　やばくないっすか？　この前坂田さんが口説いた芸能人みたい！」

「やめなよ。芸能界の隅っこに追いやられた三流と一緒にするのも失礼な女性達だ。あめりやの女性って言えば、夜を共にするだけで1本は超える」

「ひゅ～！　すげえバベル島！　聞きましたか!?　リスナーの皆ァ！　今映ってるこの綺麗なお姉さん達、めっちゃ金のかかる女らしいよ！」

「うおすげえコメント数！　皆お姉さん達とヤリたいって！　ｗｗｗｗ」

「――全員鼻の骨でも折ったら喋らなくなるんすかね」

下衆の言葉にグレンは既に我慢の限界が来ている。

鮫島も久次良も瞼をぴくぴく痙攣させて。

「う、ひ」

「ちょ、ちょっと待って、待って、こっちは一般人よ？　探索者みたいな暴力稼業が俺らに手を出すのまずいんじゃない？」

「はい、今、カメラ見て～。ほらほらリスナーの皆も、通報してくれるって言ってるよ～今、やばいっす！　ゴングチャンネルのピンチ！　探索者に絡まれて暴力を振るわれそうになってます！」

きゃいきゃいと騒ぎ立てる若者達。

人生の中で恐怖した事がない恵まれた連中だ。

「坂田……お前、何しに来たんだ。こんなしょうもない連中引き連れて」

「あ？　おっさん今なんか言ったか？　おい！　お前だよお前！」

「なんだてめえ、プールに入ったままぶつぶつと、さっきから坂田さんに馴れ馴れしく話しかけてんじゃねえぞ！」

「うお、おい、お前らそれより、そこのお姉さん、やばくね……」

「……ほんとだ、女神か……？」

味山にイキりつつも、近くにいる雨霧に見惚れる若者達。

脳みそがすかすかなのがよく分かる。

「何しに来た、何しに来た、か……。ははは……」

坂田が無遠慮に、さっきまで味山が座っていたチェアに腰掛ける。

長い脚を組み、辺りを見回す。

「そうだよな、アンタからしたらそんな感覚なのか……」

坂田が肩を落とし、顔を手で覆う。取り巻きの配信者達が急に静かになった。

「坂田、お前マジで迷惑だから。早くこいつら連れて消えてくれ。——探索者相手にパンピー連れて本気で絡むほど馬鹿じゃねえよな」

「馬鹿……バカ、か」

坂田がぼそり、呟く。

甘いマスク、長めの前髪から覗く、女を口説く時には決して見せない昏い目。

「なあ、味山只人。お前はバカだからあいつに認められたのか？　それともお前があいつをバカにしちまったのか？」

「お前と長話する時間はない、坂田、帰れ」

前回の探索で味山の中での坂田時臣への格付けは終わっている。

自分が本気で相手にする価値もないガキ、と。

「話をする価値もないか？　探索でトチって、酔いに呑まれて送還された恥ずかしい奴はさ。ははは、耳還りを果たした探索者様だ、そりゃ格が違う訳か」

「いや、だから、常識で考えろ。マジで迷惑だ」

「……迷惑か。ああ、初めて言われたよ、そんな言葉」

坂田が項垂れ、そして味山を見つめて。

「なんで1人だけプール入ってるんだ？　味山只人、お前だけ、お前だけが」

「あ？」

「ああ、そうだ、いつもそうだ、お前だけ、お前だけ〝立ち位置が違う〟」

「あ、坂田さん……」

取り巻きが止めるのも無視、雨霧や他の女性達、そしてグレン達も無視。

坂田時臣の目には今、味山只人（ただひと）しか映っていない。

「そうだ、あの時も、あの時もあの時もあの時も……いや、今はいいか」

坂田が顔を切り替えて、言葉を続ける。

「後川（そのかわ）君、今日のゴングチャンネルのコラボ企画ってなんだったっけ？」

坂田の顔が切り替わる。

味山に見せていた激情は鳴りを潜め、今あるのは俳優のような爽やかな笑顔。

「あ、はい！　坂田さん！　よおお、皆、それじゃお待たせ！　準備が整ったから今日の俺らの企画、行っちゃいましょうか！」

「いいっすねええ！　楽しみでーす！」

「あ、今日のコラボ相手の紹介、つーか、この企画の主役の紹介させてもらいまーっす！　あの天才、上級者探索者貴崎凜（きさきりん）のチームのリーダー、坂田時臣さんでーす！」

5人のカメラが一斉に坂田に向けられる。

にこりと微笑（ほほえ）む坂田、そして。

「どうも、リスナーの皆さん、今、紹介に与（あず）りました坂田時臣です。今日、僕とゴングチャンネルさんでチャレンジする企画はシンプル」

坂田の言葉に続き、巨漢の若者がカメラを自分の方に向けて。

「合コン突撃企画！　〝イケメンと一緒に他人の合コンでナンパしてみたwwwww〟

です！」

「企画の説明行ってみましょう！　ルールはシンプル、今からここにいるお姉さん達をゴングチャンネルのメンバーで口説いちゃいまーすｗｗｗ」

「女の子達が、俺らを選んでついてきてくれたら俺らの勝ち！　企画は成功！って感じでーす！」

身勝手な言葉、身勝手な振る舞い。

無遠慮に薄着のあめりやメンバーに向けられるカメラ。

堪忍袋の緒、まずはグレンから。

めきき。

「あ――痛っ!?」

「いい加減にしろよ、クソガキが」

グレン・ウォーカー。朝日にカメラを向けた男の手を思いきり摑んで。

「あは、ははは、お、お兄さん、何マジになって切れてんの？　これ、これ配信だからっ、てか痛い、痛いって!?　おい、離せって！　痛い、うわ、マジでこれ、やばい！　痛い!!」

めぎぎぎ。

特に鍛えていない身体の若者、グレンと比べるべくもない。

「他人の痛みには鈍感なのに、自分の時だけやけに騒がしいっすね」

グレンの目がすうっと細まる。

やばい。折る気だ。

付き合いもそれなりに濃い味山はグレンを止めようと――。

「グレン、止――」

「暴力はいけないですよ、グレン・ウォーカーさん」

味山の制止に被せるように坂田がそれを止めた。

「あ？　どっかで見た事あると思ったらこの前の……探索でしょうもねえ奴は地上でもしょうもねえっすね」

「まあまあそんな怒らずに。まずいんじゃないですか？　彼ら、一般人ですよ。探索者表彰祭が控えてますし、アルファチームに迷惑かかっちゃうと思いますけど」

グレンの挑発に坂田は薄い微笑みを崩さない。

「それは……」

「他の探索者さん達も同じですよ、探索者が一般人に手を出すのはご法度です、だめですよ、暴力しか能のない者が弱い者に手を出すのは」

「お前……なんか雰囲気変わったすか」

ぱっとグレンが若者の手を離す。

「ひ、ひー、こ、こえー……探索者、こえー……」

「いやいやいや、これすげえ視聴数じゃん……探索者による暴力、めちゃ良い画だ」

「ルイ、それじゃ企画を進めようか。おっとグレンさん、鮫島さん、久次良さん、暴力はなしだ。それに何をそんなに心配してるんですか？　この企画は対等だ、シンプルな話、俺達はただ、ここにいるあめりやの女性に声をかけるだけ。ただそれだけのお遊びみたいなものじゃないですか」

「それがどれだけ舐めてるか理解してないんすか、素人ども」

「でも命を取られる謂れはないでしょ、探索者」

グレンの視線に坂田は笑みを崩さない。

「坂田さんかっけえ、あの怖いお兄さんに退いてねえ」

「それよか他の探索者も黙りこくってね？」

「あの探索者だけ、なんでプールにずっと入ってんだ？」

坂田が場を支配している。

味山は黙って、プールの中に立ち尽くすまま。

確かに坂田の言う通りだ。

探索者と一般人の最大の違い、それは保有する暴力の強度の違い。

探索者が狩るのは、怪物。人間じゃない。

「大丈夫、グレンさん、これはアンタら探索者が大好きな闘いじゃない。ただのお遊び。僕達は目の前の綺麗なお姉さん達に声をかける、お姉さん達が僕達を受け入れなければそれで――」

「もう、マジで迷惑なんですけど!!」

「……」

坂田の言葉を遮ったのはグレンの背後から出てきた朝日だ。

「さっきから聞いてたらもう！　おかしいでしょ！　朝日達は今、グレンさん達と遊んでるの！　分かる!?　お仕事を休む為に色々調整して、服とか化粧とか水着とか準備して！　めっちゃ楽しみにしてたの！　それを急に出てきた人達にマジで邪魔されたくないんですけど！」

「朝日の言う通りね。貴方達、さっきからまるで私達の事無視して話してるけど……貴方達を選ぶ……？　もしかして、自分達が選ばれる可能性があると思ってるの？　見た所学生さんが多いみたいだけど、親御さんが悲しむわよ」

「お……い、いやいや！　お姉さん達！　でもさ、俺らもほら、若くて結構イケメンじゃね？　てか普通に考えて探索者とか怖くね？　だって怪物とか殺して稼いでるんだぜ？　野蛮だろ」

「どこが？　てか朝日からしたら貴方達の方が野蛮なんですけど。それに卑怯。グレンさん達に真正面からは絶対勝てないって分かってるからさ、弱い者の立場利用しててマジダサだから」

「悪いけど、男性として貴方達、ここにいる探索者の皆様に勝ってる所本当に一つもないわ……目障りだしうるさいし……帰ってもらえるかしら」

「う……」

「ど、どうする？」

「なんか、いつもとノリ違うくね？」

「いやいや、ゴングチャンネルの事知らないとかありえなくね？　登録者300万人いるんだぞ」

朝日と朝霧(あさぎり)の正論に若者達が慄く(おのの)。

「らしいっすよ、坂田君、お友達連れて帰ったらどうっすか？」

「はは、確かに。これじゃ俺達が悪役だ。参りましたね」

「なんだぁこのガキ、状況理解出来てねえのかぁ？」

はっきりとした女性達からの拒絶。

当たり前の話だ。

だが、坂田の余裕は崩れない。

「お前、何考えてる」

果たして、坂田時臣はここまで〝馬鹿〟だったか？

「俺は気付いたんだよ、味山只人。なんで凛がお前を気に入ってるのか」

「あ？」

「馬鹿だ。そう、馬鹿なんだ。凛は、完璧で特別で傲慢で強くて美しい。だから、お前みたいなのが、たまたま珍しく見えちまったんだ」

「……何の話をしてんだ、お前。いいからさっさと消えろって、お前ら相当恥ずかしいぞ」

坂田時臣の人生は完璧だった。

異性を引き付ける雄としての魅力。恵まれた血脈、権力。

現代社会のカースト上位として生まれ育った。自らを特別だとずっと思っていた。

「凛は、お前のそういう所に惹かれたのか？　俺がお前の立ち位置にいれば、あいつは俺を選んだのか？」

プールサイドに立つ。

見下ろす。自分がずっと格下だと思っていた男を。

ずっと格下だと思い込みたかった男を。

「俺は、完璧だった。なのに、お前という人間と出会ってしまったから、俺は、思い知らされた」

坂田は気付いてしまった。

全てが剝き出しになり、全てが試されるこの地で。

「俺が上で、お前が下のはずなのに。どこの犬の骨とも分かんねえ凡人が俺より、あいつに認められてる、これは間違いだ」

「……お前、マジでなんの話してんだ？」

坂田の言葉。しかし、時と場合をまるで考えないそれは味山には届かない。

坂田と味山の致命的なすれ違い。

「なんなんだよ、お前は、味山只人」

「いや、お前がなんなんだよ」

「は、ははは……ああ、そうか、本当に相手にすらされてねえのか……あの人が教えてくれた通りだ」

「あの人……？」

味山が坂田の言葉に引っ掛かって――。

「じゃあ、そろそろ今日の企画、他人の合コンでナンパしてみましょうか、このままじゃ俺達は本当に悪役、負け犬だ」

「おい〜、まだぁやんのかよ。答えなんざ分かり切ってるだろうがぁ」

「流石に君さ、無理じゃない、周りのカメラを持った学生君達もずいぶん、大人しくなったみたいだよ」

鮫島と久次良の言葉の通り、取り巻き連中は明らかにトーンダウンしている。

朝日と朝霧の完全拒絶が効いたらしい。

「いいえ、違いますよ。まだ僕が彼女達に聞いていない。彼女達の意志の下、僕達を選んでもらいましょう」

「は？　何言ってんの？」

「悪いけど……私達、見た目だけで男の人に靡いたりもないの」

朝霧と朝日が、坂田の言葉に否を突き付ける。

それでも、坂田は薄く、笑い続けて。

「味山只人、今から俺はお前に並ぶ」

「あ？」

「朝霧さん、朝日さん――」

坂田が、朝日と朝霧を見る。

その目は怪物種が、獲物を嬲る時とよく似ていた。

「僕を選んでおくれよ」

「っあ……」

「な……」

坂田の言葉が響いた。

同時に、朝霧と朝日の目つきが変わる。

トロンと、蕩けてわずかに熱を持ったものに変わっていた。

異変はすぐに起きた。

「えっ……」

「あ、朝日ちゃん……？」

朝霧と朝日が、ぼーっと、虚空を見つめる。

見つめながら、グレンと鮫島の隣から歩き出す。

2人から離れた。

「やだ……何か、変……」

「あれ……わたし、やだ、嫌なのに……」

「あれ!?　あれあれあれええ!?」

「おっと、これは、そういう事っすか!?　OKって事っすか!?」

朝日と朝霧が、乱入者のもとへ自分から歩いていった。

「なん、で……」

「朝霧……さん？」

茫然とするグレンと鮫島、そして。

「ぷっ。あは、あっはっはっはっはっはっはっは!!」

ザバン!

水しぶき。

坂田が笑いながらプールへ飛び込んだ。

その笑顔、その嗤い。

味山はそれを知っている。力を行使する人間の嗤い方。

「ああ、僕は、俺は、今、お前と同じ場所に立っている」

TIPS€ 警告 〝遺物の発動を確認〟

「坂田……お前」

TIPS€ 坂田時臣・保有未登録遺物 〝女殺 油 地獄〟

TIPS€ その効果、女性への精神干渉、周囲の男性の劣情を煽る。精神対抗ロールに失敗した男性の女性への欲望を増加させる坂田が濡れた髪を撫で上げ、グレンと鮫島、そして朝日と朝霧を見た。

「あはははははは!!　どうやら、答えは出たようですね。朝日さんと朝霧さんは僕達と一緒にいたいみたいですよ」

「うっひょー！　お姉さん、見る目あるウー！　こっちこっち、うわ、近くで見ると更にエロイ……」

「なんかさあ、顔も赤くてマジで可愛くね？　いやお姉さん一緒に飲みましょうよ」

「おい、ホテルの部屋もう1室用意しとこうぜ」

「了解！」

朝日と朝霧の身体を引き寄せ、その肩を抱き始める男達。

「やだ……鮫島さん、見ないで……なんでわたし……」

「グレンさ……ん。違う、朝日、こんな子じゃない、のに」

2人の様子は明らかにおかしい。

目つきはトロンと蕩けて、足元はおぼついていない。

「うわ……えっろ」

「マジでやべえ、クソ興奮してきた」

「てか女のレベルが違うな……」

「もっとこっち来いよ」

「いや……いやです……」

「いやなのに……違うのに……」

「へえ、意外にしぶといな。普通ならもう思考する暇なんてないはずだけど」

プールの中、味山と同じ場所に立つ坂田が嗤う。

「おい！　お前ら何朝日ちゃんに触ってんだ!?」

「ふざけてんじゃぁねえぞ、クソガキども」

「おっと、2人とも、ストップ、ストップ、カメラ見てください、暴力は駄目です。それに、今僕の目には彼女達は自分の意志で俺達を選んだように見えましたけど？」

「てめえ!!」

ぶわり、グレンの怒気。

「グレン!!」

「っ……」

味山の一喝にグレンが動きを止める。

「落ち着け、グレン、鮫島」

「ふー……落ち着いてるっすよ。目の前のガキのグラサン全部かち割るのはセーフっすよね」

「ついでに鼻ピアスもよお、外してやってもいいよなぁ」

「よし、冷静だな、そのままストップだ、グレン、鮫島、手を出すなよ、絶対に」

この異変は明らかに坂田が何かをコントロールしている。

「坂田……自分が何したか分かってんのか」

「何をしたか？　当たり前さ、分かってる。俺は、今、お前と同じ場所に立っている」

浅いプールの中、坂田が両手を広げる。

「なあ、見ろよ、今の俺を。常識じゃ考えらねえほどバカな事してる、ああそうだ、あいつの凛の好みがこういうのなら、どれだけ馬鹿な事だろうとやってやる」

「お前、正気か？」

「お前と同じだよ、味山」

坂田時臣の人生は完成していた。

異性を惹きつける容姿、恵まれた環境。特別な存在として生まれ、育った。

出来ない事なんて無かった。

挫折も敗北も知らなかった。

味山只人を見つめる、貴崎凛の顔を見たあの日までは。

「俺はお前より特別だ。お前よりもあいつに相応しい」

「坂田、遺物を一般人に向けて使うなんざ、刑務所覚悟してんだよな」

「……もう、てめえに関しては何があっても驚かないさ」

遺物の使用を即座に看破した味山に坂田が一瞬、面喰らう。

歪んだプライドが坂田を保たせる。

「味山さま……」

「雨霧さん、すみません、トラブルです。グレン達のとこに行っていてもらっていいですか？」

「……いえ、ここで見ています、この席で、この場所で」

雨霧は動かない。

「ははは……なんなんだよ、お前は、味山只人。見れば分かる、その女も特別だ。凛とよく似た気配がする。何かを背負って、何かを持って生まれてる人間だ」

坂田の目がじっと佇む雨霧を見つめる。

「なんでお前の周りにはそういうのがいるんだ？　資格も才能も地位も家柄も、何も持たないお前なんかに。ああ、そんなの間違いだよな」

坂田の小指、そこにきらりと輝く紐のような――。

「その女、俺にくれよ」

遺物は所有者の願いに強く反応する、

他人を見下し、他人よりも秀でて、他人から奪う。

誰かが大切にしているものを簡単に奪って雑に扱う。

坂田が雨霧に指を向けて。

「いいだろ？　俺は特別なんだから」

TIPS€　女殺油——

「坂田」

「っ」

味山の静かな声。

ただそれだけで、坂田時臣は遺物の使用を中断した——させられた。

「……この前の探索の時、お前に言いそびれてた事があった」

「はは……な、なんだよ」

「鼻、ずいぶん綺麗に治してもらえたんだな」

「っ……ふ、ふふ。お前、この状況で俺を殴れると思ってるのか？」

坂田の記憶、激痛の予感。

8月よりも前、味山只人が貴崎と坂田のチームを抜けたあの日。

坂田時臣は5人がかりで味山に闇討ちを仕掛け、反撃を食らう。

結果的に鼻の骨を折る大けがを味山によって受けている。

「味山、あの時と同じだと思わない方が良い」

「はいはいはい！　きちんとカメラチェックＯＫでーす！」

坂田の合図。

一斉に味山に向けられるカメラ。

「坂田君の発言らへんはきちんとカットするから安心してよ！」

「おっさーん、暴力は駄目だよ暴力は」

「うお……こっちの2人もめちゃ美人だけど、あのプールサイドの黒髪お姉さんはマジでやべえ……」

カメラを構えながら嘲笑を浮かべる若者達。

「俺に手を上げてみろよ、アルファチームはいつまでお前を庇える？　英雄の名にもお前が泥を塗る事になるんだ。探索者表彰祭前に、足を引っ張るつもりか？」

「……アシュフィールドのでたらめっぷりを知らねえみたいだな」

不祥事の一つや二つ、アレタなら揉み消せるだろう。

ここで坂田をぶん殴っても大した問題にはならないかも知れない。だが。

「いいや、知ってるさ。だが、それよりも俺は味山只人を知っている。――てめえは他人を信じていねえ。だから、アレタ・アシュフィールドの事も心底信じる訳がねえ。あの女だけに頼るなんて事はしない」

「……」

ぐうの音も出ない。

押し黙る味山、目を見開き髪を掻き上げ坂田が続ける。

「俺はお前と同じになるんだ、バカな事をすればいいんだろ？　めちゃくちゃしてりゃいいんだろ？　まともじゃなければいいんだろ？　なあ、そうしたらアイツは俺をまた見てくれるんだろ？」

坂田の目にはもう味山しか映っていない。

「俺は、味山、お前を――」

「貴方は味山只人にはなれませんよ」

「……あ？」

興奮した坂田に声を掛けたのは、雨霧。

今まで見た事ないほど冷たい目を、坂田に向けて。

「……ははは。いいね、あんた。そういう全部お見通しですって顔してる女がさ、顔真っ赤にして、媚びる姿、すげえ好きなんだ」

ぱしゃ。

坂田が雨霧のいる方に歩み出す。

「おい、坂田、警告だ、雨霧さんにそれ以上近づくな」

味山が、坂田の直線上に立つ。

「どけよ、味山。そうだ、お前ならきっと止まらない。俺は今その女にムカついてる。楽しみだ、俺に媚びて俺をバカみたいに求める浅ましい姿が」

「警告だ、坂田、近づくな、何もするな」

「警告？　バカが。お前みたいな凡人が俺を止めるには結局、暴力しかねえだろうが、でももうそれも無理だ」

カメラは味山をしっかり収めている。

坂田に手を出せばその記録は確実に残る。

「味山さま、わたくしがケリをつけますので」

「え、雨霧さん？　ちょ――」

ざぶ、雨霧もまたプールの中へ。

髪をまとめ、琥珀(こはく)色の瞳に怒気を孕(はら)ませて。

「彼は、わたくしの友人をけなした。あまつさえ、あのような在り方を〝味山只人〟と認識している。無理です、味山さま、ぶちのめさないと気が済みません」

「あれ、雨霧さん、もしかして結構武闘派……？」

ざばざばと水を掻き分け、雨霧が味山の隣に。

ふんす、鼻息すら荒いその様子に味山が戸惑う。

「女が俺の前に立つのかよ。はは、凛以外の女なんてどいつもこいつも全部同じだ。朝霧とか朝日とか言うのみたいに、簡単に靡く。でもいいね、味山から何かを奪う事が出来っ――ぶっ」

パチン。

坂田が何やら言っている間に、一発。

普通にずかずか歩いて行った雨霧が坂田の頬を叩いた。

「は……？」

「わたくしの友人の名を口にするな」

まっすぐな目で雨霧が言い放ち。

「――遺物開演、女殺　油　地獄。ヨクなれよ、女」

坂田の小指に巻かれた紐が怪しく輝く。

女性の心を惑わし、虜にする遺物。

坂田時臣の人生を反映した遺物が、雨霧を襲おうと――。

「坂田、警告したよな」

一線を越えた。

味山は坂田時臣を外敵と判断した。

ＴＩＰＳ€　耳の――により神秘の残り滓が活性化。〝九千坊球磨川絵巻物語〟発動可能、触れている水を自由に操る事が可能

ぱしゃ。ぱちゃ。

「えっ」

「なに？　今の、あっ！　カメラが!?」

「おい、俺のも映らねえ！」

「水？　は？」

「いって!!　なんで!?」

がしゃん!!

全て同時。味山に向けられていた若者達のカメラが砕け壊れた。

水だ。

プールの水がまるで針のように射出された。

「坂田君!?　なんかおかしい！　カメラが全部壊れた！」

異常事態。

「味山ァ！　お前っ!?　あ？」

ＴＩＰＳ€　鬼裂の業、発動。平安最恐の武を再現する事が出来る

ひゅぱっ。

味山には出来ない速さと鋭さ、蠅を払うように放たれた裏拳が瞬いた。

「近づくな、そう言った」

「あ、が……ま」

ばしゃん。水の中に倒れる坂田。

坂田時臣は知らなかった、坂田時臣は理解していなかった。

耳の怪物から生還する、そんな探索者を敵に回す事が何を意味するか、を。

「あ、坂田君!?」

「ぼ、暴力だ、暴力振るったぞ！　誰か撮ってたか!?」

「いや、か、カメラが、なんか急に壊れて……あ、え？」

「お、おい、あれ……」

バベル島の外から来た彼らは今日、人生で初めて恐怖と出会う。

「……」

一瞬で意識を失った坂田を、水がまるで持ち上げるように運んでいる。

「嘘だろ……」

「え、ＡＲ……？」

「いや、でも、坂田さんが運ばれてるからＡＲとかじゃ……」

ぽいっと、プールサイドに投げられる坂田。

白目を剝き、口は半開き。

ＴＩＰＳ€　使用者の気絶により遺物の発動中断

決着はついた。

「……あれ、私……」

「っ朝日、こっち！　手！　離して！」

「あっ、おい！　あ……」

正気に戻った朝日と朝霧が若者達の手を叩く。

当然、男達は追いかけようとするが――。

「これ以上、まだここに用があるんすか、お前ら」

「見た感じよぉ、カメラは全部おしゃかになってんなぁ、残念だぁ」

「今、ホテルから電話があったよ。すぐに屈強なガードマンが駆け付けるみたいだけど」

「ひ」

「ど、どうする……？」

「どうするってお前……いや、これはマジでやばいでしょうよ……」

「だ、大丈夫だって、こいつら口だけ……おい、俺ら一般人に手出ししてびゅぼ!?」

一瞬で、若者のうち、最も大柄だった男が吹き飛ぶ。

グレンの最も近くにいた男だ。

「タダ、良い方法だなあ、確かにぶん殴っても気付かれなきゃ問題ねえや」

「グレン、殺すのはまずいぞ、捕まっちまう」

目にもとまらぬ速さ。

上級探索者の一撃は容易に怖い者知らずの若者に現実を叩きつけた。

「はっ!?　ご、ごっちゃん!?　ごっちゃんまでやられた！」

「お、お前ら、自分が何したか分かってんのか!?　弁護士だ！　警察呼んでやる！」

「おーおー、お坊ちゃん達必死な顔してまあ……どーするぅ、警察呼ぶって」

「そーだね、それは困るなあ、探索者表彰祭も近いし、何より資格のはく奪もありうるかも」

「は、ははは！　そうだろうが！　調子に乗ってんじゃねえよ！　探索者のイカレ――」

「……参ったな。警察行くのか、じゃ……それまでにギタギタにするわ」

「「「え……」」」

あまりにも簡単に、そして当たり前のように響く言葉。

彼らは今、人生で初めて本当にイカレた人間を目の前にしている事に気付く。

「お、お前何言ってんの……？　話聞いてたか？　け、警察……警察呼ぶって……」

「だから呼ばれる前と到着されるまでの時間でぶちのめすっつってんだろうが、気分悪い」

「ひ……え、待って、ほ、本気で言ってんのか？」

「お前らはネットのやりすぎで大切な事を忘れてる。基本的にだ、目の前の人間をバカにしたり、舐めたりしたら危ないんだ」

誰にでも分かる雑な脅し。

だが、今の彼らにとっては――。

「ひ、やばい！　こいつらマジでやばいって！」

「逃げよ！　逃げよ！　無理無理無理無理！　ガチな奴らじゃん！　探索者、イカれてる！」

「わ、割に合わねえって！　ごっちゃん！　坂田君！　立って！　おい、お前そっち持って！」

「わ、分かった！」

いそいそと、気絶した2人を担いで若者達が逃げていく。

彼らもまたいつのまにかバベル島の酔いに呑まれていたようだ。

「仲間を連れて帰るとこだけまだマシか……？」

「ふい〜あっぶねえ〜あのまま通報されてたらちょっとやばかったすね」

「タダも、なかなか迫力があったすよ、流石、アレタさんの補佐」

「え、あ、おう、だろ？」

味山が愛想笑いで誤魔化す。

あまり冗談のつもりじゃなかったのは言わない方がいいだろう。

「よかった、朝日、朝霧」

「あ、あ、ご、ごめんなさい、私、なんか怖くなって隠れちゃってました……朝日先輩、朝霧先輩……、だ、大丈夫ですか？」

「あ……う、うん……大丈夫だよ、雨っち、くるめん」

「貴女達も無事で何より……」

あめりやの女の子達、朝日と朝霧の表情がやけに暗い。

「ど、どうするっすか、タツキ」

「いや行くしかねえだろぉ……」

男性陣、グレンと鮫島も気まずそうだ。

味山しか遺物の使用は知らないとはいえ、坂田の行動が残した爪痕は大きい。

魅了された女、不可抗力とはいえ裏切られた男。

「……ごめんなさい！　グレンさん、朝日、さっき、なんか変で……ほんと、ごめん」

「い、いやいや！　そ、そんな事ないっすよ！　あはは……は」

「朝霧さん、その、大丈夫かぁ」

「鮫島さん……うん、大丈夫、……はしたない所、見せちゃったわね……」

互いにどこかよそよそしい。

味山は考える。

さっきのアレは坂田の遺物のせいだ、と伝えた所で信憑性に欠ける。

下手なフォローは逆効果だ。

「味山さま……」

雨霧がそっと味山を見つめる。

坂田に見せた毅然とした態度ではなく、不安げで、助けを求めるような顔。

「了解、雨霧さん」

味山が頭をぼりぼり掻きながら、プールの中にまたぼちゃり。

乱入者達のせいで最悪な空気になった合コン、だが――。

「まあ、今日はフォローするって言っちまったしな！　九千坊！　派手にやってくれ！」

ＴＩＰＳ€　キュキュマ！　キュマー!!

ＴＩＰＳ€　西国大将〝九千坊〟がお前に力を貸す、九千坊球磨川絵巻物語・水獣戯画

その男は神秘の残り滓を喰らっている。

凡人、何も持たず生まれた空っぽの器は神秘の苗床として心地よいのだろう。

「んあ……!?　お、おいおい……タダ、お前、何してんすか」

ぷく。ぷくぷく。

「はっは、なるほどぉ、耳還りの探索者、いや、52番目の補佐だぁ、まともじゃねえよなぁ」

ぷくぷくぷくぷくぷく。

「あ、味山さんって実は遺物持ってました……とか言い出さないよね」

水だ。

プールの水が動き出す。

味山の手が水面を撫でる、水が動き出す。まるで命を与えられたように。

「九千坊、お前すげえな」

誰もが上を見上げる。

命を与えられた水が形を持って踊り出す。

「凄い……綺麗」

「……朝日ちゃん、一緒に見てもいいっすか？」

「……！　うん！」

「鮫島さん……私、さっき……」

「見ろよぉ、朝霧さん。あの鮫すっげえ気持ちよさそうに泳いでるぜぇ」

「……ふふ、そうね」

揺蕩う水の幻想。

水の狼、水の鮫、水のクジラ。

他にも様々なプールの水を利用したオブジェが夜の海の空を泳いでいる。

「味山さま……貴方は本当に恐ろしい人です。人に興味がなく、人を必要とせず。なのに、こんなにも」

雨霧の目は神秘の光景ではなく、只1人の男へ注がれる。

狡猾な敵、不利な状況、それを一手で覆した凡人を。

「――綺麗です」

「よっしゃ！　九千坊！　いっちょやったれ！　派手に行こうぜ!!」

「えっ」

だが、この男はどこまで行ってもバカだ。

バカに水遊びなんてさせれば――。

「九千坊球磨川絵巻物語・味山スペシャル!!」

神秘の光景に差し込まれるのは凡人の発想、そして命令。

空を飛び回る水の幻想達は一斉に、一か所に集い、固まり、球となって――。

「水花火!!」


ドッパァァァァン!!


轟音、光、水しぶき。

四方に散る水、煌びやかなイルミネーションがそれを7色に照らす。

ざあああああああああ。

ドパン！　ドパン！

雨の如く振り落ちる水しぶき。

花火の如く咲き乱れる水達。

光、雨音、海の音。

凡人が己の道具で作り出した光景に、人々はただ目を奪われる。

「タダ、あの野郎、やりやがった」

「あーあ……あのバカ、ほんっとによお」

「サポート頼む相手、間違えたね」

男連中が呆れたように、しかしどこか嬉しそうに呟く。

「ぎゃはははははは!!　すっげえ!!　こりゃ、探索でも使えそうだ!」

プールの中で1人騒ぎ出す酔っ払い。

現代最強の異能、英雄アレタ・アシュフィールドの選んだ探索者。

「ま、流石は耳還りの探索者っつー事で、朝日ちゃん、飲みなおしっす……よ!?」

「そうだなぁ、朝霧さん、ちょっと騒がしいのは悪いけどよぉ、良いニホン酒も……あ!?」

「あ、え、えへへ、ごめん、グレンさん、その……隠すつもりはなかったんだけど」

「あら……濡れちゃったからかしら……」

グレンと鮫島が固まった。

「よお、どうよ、皆の衆!　種も仕掛けも秘密の俺の一発芸はよー、我ながらなかなかの出来栄えだろ、あれ、グレン、鮫島、どうした、固まってからに」

バカ1名がプールから這い上がる。

その時のテンションと感情だけで動くこの男は酔いに愛されている。

「味山さま、素敵でした。……朝日と朝霧の為に。ありがとうございます」

背後から掛かる声、雨霧の声だ。

「いやあ、何、どうって事ないですよ、雨霧さん。てか雨霧さん、かなりガッツあるんですね、坂田にビンタ喰らわせた時な、ん……か、ん？　んん⁉」

味山もまた、グレンや鮫島と同じように固まる。

なぜ、女性陣を見た味山達が固まったのか。

それはシンプルな答えだった。

「グレンさん。あ、あの……一応、ね、ナイトビーチって聞いてたから、皆で合わせてたんだ、え、へへ。そのは、恥ずかしいな……」

「鮫島さん、朝日や雨ちゃん、来瞳の方はあまり見ちゃ駄目よ、わたしのならいいけど」

「味山さま……ふふ、何か、わたくしの姿、変でしょうか？」

少し頬を紅潮させ、ふふんと笑う絶世の美女達。

馬鹿みたいに固まって動かない野郎ども。

降り続ける水しぶき。

白いTシャツ姿の美女達。

答えは、シンプル。

朝日が、朝霧が、そして、雨霧が、照れるように少し笑って。

濡れたTシャツが、透けて――。

「「「見すぎ。えっち」」」

「「「「エッッッッッッッッッ!!」」」」

固まる男、くすくすと笑う女。

乱入者がもたらした不和の気配はもうない。

味山只人(ただひと)がこの世に帰還させた大化生達の力、もはや生半可な悪意は敵ではない。

「うお……あ、雨霧さん、そ、それは……」

濡れたシャツの向こう側に見える色彩。

水着……透け透け。

「ふふ、味山さま、どうされましたか?……ああ、今回は試したりはしません。……シャツ、濡れてしまいましたね」

「よーし！　雨っち！　朝霧姉さん！　もうこうなっちまったら仕方ない！　泳ごう！」

「そうね、気晴らしにちょうどいいわ」

「あ、え、え、み、皆さんぬ、脱ぐんですか？　あ、あ、あ、ひ、貧相すぎて無理なんですが、きゃ！」

ばさっ。

1人1人が美貌だけで遊んで暮らせる美女。

それが4人。

お臍の少し下から腕を交差し、シャツを脱ぐ。

白い肌、お臍、くびれ、そして――。

「いかん！　お前ら、見すぎだ！　セクハラになる！」

「お、おお……!!　流石味山！　名誉童貞！」

「誰が童貞だ、ふざけんな!!」

味山と鮫島が女性から目を逸らして騒ぐ。

「わ、わあ……」

「フフッ」

グレンと久次良は赤ちゃんのようにニコニコしながら女性達を見つめる。

「あははは！　変なの！　ただの水着だってば！　朝日、いっきまーす！」

「もう、飛び込まないの。ほら、来瞳も、行くわよ」

「あ、あ、あ、が、頑張りまひゅ！」

とんでもないスタイルの美女達が満面の笑みでプールに入る。

ぼーっとそれを見つめる味山、背後から声。

「味山さま……皆の水着姿が素敵なのは承知していますが、こっちも御覧頂きたく存じます」

「……マジかよ」

雨霧だ。

惜し気もなくさらされる絶世、傾国の躰。

長い手脚、まるみを帯びた臀部、嘘みたいにくびれた腰に、零れるような胸。

桃色のビキニ、水着の雨霧――。

「天女か？」

「ふふ、いいえ、貴方の雨霧です」

そっと近寄る雨霧、桜色の唇を味山の耳に寄せて。

「うわ、あ、雨霧さん近」

「味山さま」

「あ、はい」

「先ほどの話、また今度、聞かせてくださいね、2人きりの時に。貴方様の貞操の話」

「あ、雨霧さんまで!?　クソ！　どんなプレイだ!?」

「……不思議なお方、こういう時は本気で照れてくださるのですね」

雨霧が微笑む。

琥珀色の瞳、ハイライトが薄くなったそれが細くなる。

桃のような甘い香りだけを残し、彼女もまたプールへ入る。

「わ！　雨っちも来た！　競争しよー！　競争！……あれ、雨っちなんか、顔赤くない？」

「朝日、しーっ、よ。……雨ちゃん、さっき見てたわよ、味山さんと何話してたの？　ずいぶん、楽しそうにしてたけど」

「なんの事でしょうか、朝霧。さあ、朝日、受けて立ちますよ。来瞳もこっちに来なさいな」

「あばばば、先輩方がま、ま、眩しすぎる……格差が、ビジュアル格差があああ」

プールの中、あめりやの彼女達が笑顔で遊び続ける。

たった一晩、指一本触れずに過ごすだけで、7桁の金額が飛ぶ事もある彼女達。

美だけで他者を酔わせる妖精でもあり、魔でもある彼女達が無邪気に笑っている。

「タダ、俺、今日ほど探索者になって良かったって思った日はないっす」

「同感だ、グレン」

「おーい！　グレンさん！　何してんのー？　一緒に遊ぼうよ！」

「鮫島さん、こっち、泳ぐの苦手なの手伝ってくれる？」

「あ、あ、あ、水、浮かぶの気持ち良い……」

味山の神秘が作り出した水の生き物達と戯れる美女。

幻想的な光景の中、イルミネーションに輝くナイトプール。

「味山さま……！　ふふ、一緒に遊びましょう」

「「「よっしゃ、行くか!!」」」

野郎達にもう迷いはない、同時に叫び、同時にプールへ駆け込んで。

グレン達が一目散にプールに飛び込む中、味山の足がふと、止まった。

「……あれ、何か忘れてるような――」

何か、こう、あまり合コンに夢中になりすぎるとまずいような記憶が――。

「味山さま！　見て！　水の河童（かっぱ）さんです、わあ、可愛（かわい）い！　あ……ごめんなさい、またわたくしだけがはしゃいでしまって……」

「まあいいかァ！　今、行きまァす!!」

「きゃあ、ふふ！　ああ、こんなにたのしいのは、もしかすると、生まれて初めてかも……」

味山はシンプルにバカなので、めんどくさい事を後回しにした。

たのしい夜はそうして、続いた。

「…………」

「…………………」

スカイバベル、最上階ペントハウスの屋上テラス。

あめりやの美女達に決して見劣りしない美人が２人。

「……タダヒト、楽しそうね」

「……ああいう大人系の美人に弱いですよね。私がいくらアピールしても、手応えないのに」

「そうでもないわ、リンに見惚れてる時あるわよ、タダヒト」

「え、嘘、めっちゃ嬉しいんですけど」

「ほんと。よく見てるから分かるもの」

ダウナー気味の金髪ウルフカット美人、黒髪ポニテの美少女。

アレタと貴崎は80階、地上３５０メートルからずっと1人の男を見ていた。

ホテル側が52番目の星と天才上級探索者に快く用意した空間。

軍用の高感度望遠鏡、監視機能付き集音ドローン。

現状世界最高峰の諜報グッズが散見する。

「……あたし、変ね、ほんと。タダヒトがああして別の女と遊んでるだけで、嫌な気持ちになってくるもの」

「……奇遇ですね、私もですよ。それにしても、味山さん、出来る事がどんどん増えてませんか？　えっと、遺物持ちとかじゃないですよね」

「そうね、そのはず」

「……それで、これからどうしますか？」

「どうもしないわ。あたしはあくまで彼の上司に過ぎないもの。こうしてプライベートを監視するのも、仕事で──」

《嘘つき》

「……え？」

「アレタ？　どうしましたか？」

「あ、ううん。なんでもないわ。それにしても、リン、貴女のチームメイトの彼は……」

「……今から少し話をしてきます。今夜はこの辺りで失礼しますね」

「そ、分かったわ。……次に貴女と会うのは探索者表彰祭かしら」

「ええ、楽しみにしててください」

貴崎が端末に耳を当てながら、その場を去る。

ここにいるのは、アレタ・アシュフィールド、ただ1人。

「キサキリン、アメキリ……タダヒト、面倒で重い女の子にモテるのかしら。あたしには関係ないけど」

夜風の中、アレタの金色の髪が揺れる。

ペントハウスの屋上、狙撃用の観測望遠鏡を覗く。

「……楽しそうね、いいな、アメキ……いえ、何言ってるのかしら」

アレタには一つの自覚がある。

最近、自分はやはり、変だ。

味山只人を補佐としてから、もう3か月が経とうとしている。

その日からこの異常は始まった。

ずきっ。

「……やだな」

望遠鏡の向こう側、大笑いしながらプールで遊ぶ味山の姿。

その隣、何か眩しいものを見るような目で味山を見つめる女。

「ああ、やだなあ」

ずき、ずき、ずき。

妙な身体の痛み、知らない。胸の奥とお腹の下が痛くて、熱くて。

それは決まって〝味山只人〟がきっと関係している。

「ああ、もうほんと――」

《最悪だね》

「ああ、またか……」

おまけに、これだ。

最近、よくどこかから誰かの声が聞こえる。

幻聴と呼ぶべきソレは、どこかで聞いた事のあるような声な気がして……。

「メディカルチェックでは、問題無かったのに……」

耳の怪物との1件、あの日からこの幻聴は強くなっている。

ストーム・ルーラー。己の持つ最大最強の力。

今のアレタは嵐を裁定するその力を、自分の身体と同じように動かせる。

日に日にそれが馴染んでいくのを感じる。

喜ばしい事のはずなのに――。

《貴女はとても嘘つきね。英雄の振りをしたおバカさん》

「はあ、最悪、あたしって意外とナイーブなのね。幻聴がやけに攻撃的だわ」
《意外じゃないよ、貴女は子供の頃からずっと変わっていない、ああ、お部屋に隠したボードゲーム、ほんとはパパとママ、一緒に遊んで欲しかったのに、アレ、どこに行ったんだろうね》
「……うるさい」
《貴女はいつも我慢ばっかり。ほんとはどこまでもワガママで自己中で、誰も信じていない癖に、誰かと心を通わせる事なんて出来ない癖に寂しがりで目立ちたがり屋……英雄って呼ばれるのは悪い気分じゃなかったよね》
「少しイラついて来たわ、ねえ、お願い、どうやったら静かになってくれるのかしら？」
《貴女は世界で独りぼっち。誰も彼もがまるでゲームのキャラクターみたいに感じちゃう。だってそうでしょ？　皆(みんな)、〝わたし〟の事を好きになる。皆、思い通りになるんだもの。怖いものも何もない、まるで最初からそう決まってるように》
「性格悪いって言われない？　人生そんな簡単なものじゃないわ、皆必死に生きて――」
　世界のどこかで、誰かが笑った気がした。
《でもそんな凡人の道理、〝わたし〟には関係ない。〝わたし〟は特別で選ばれた側の存在だから》
《ねえ、だから、アレ、おかしいよ》

《ねえ、〝わたし〟アレはなに？》
《ねえ、〝わたし〟、あの男はなんでこっちを見ないの？》
《ねえ、〝わたし〟、今、やりたい事があるよね》
《ねえ、〝わたし〟、アレ、欲しいよね》
《ねえ、〝わたし〟、アレさ、〝わたし〟にちょうだ――》
ばしゅん!!
アレタの手から渦巻き、凝縮された嵐が弾けた。
「彼は〝あたし〟の補佐よ、他の誰のものでもない」
もう声は聞こえない。幻聴だ、そうに決まっている。
「あたしの、アレタ・アシュフィールドの、もの――……2人ともお帰り」
人の気配に、アレタが振り向く。
「あ、アレタ……な、何かあったのかい？」
「あ、お姉ちゃん……どうした、の？」
ソフィとアリサ。
戻ってきた2人の目に映ったのは嵐の後。
「……あ、ご、ごめんなさい。あはは。すぐ、片付けるわね」
ストーム・ルーラーが、英雄の統制を離れ始めた。

散乱した機材を片付けながら、アレタは確かに聞いた。

世界のどこかで誰かが、喉を鳴らして嗤(わら)っている。

《いい感じ♪》

深い夜だった。

「はあ、はあ……」

――時臣(ときおみ)、ごめん。ここまでにしよっか。

「はあ……！　はあはあはあ!!」

――今まで私に付き合ってくれてありがとう、小さい頃からずっと一緒だった、それだけの理由で貴方(あなた)には、無理させちゃったね。

「ううう、……はあ、はあ……」

――でも今日で、ここで終わり。もっと早く伝えるべきだった、もっときちんと話をするべきだった。

「……やめろ」

男が1人、夜道を行く。

バベル島、もうどこかも分からぬ夜の路地裏。

敗北した男が1人、揺れ、崩れ、転がり、歩く。

何かから、逃げるように、全てから逃げるように。

——あの、さ。勘違いだったら、ごめん、でも最後になると思うから、聞くね。

「やめてくれ……凛(りん)、やめろ」

つい数十分前に交わした会話がずっと、ずうっと男の耳にまとわりつく。

それから逃げる為(ため)に男は、敗北者は、坂田(さかた)時臣は夜に沈んでいく。

「やめろ、やめっ、あ——」


——時臣ってさ、私の事、好きだよね。


「あ、ああああ」

——違ってたらごめん、でももしそうだとしても、ごめん。

「あああああああああああああああああ」

やだ、やだ、やだ、嫌だ。

——私、好きな人がいるの。

「あああああああああああああああああああああああああああああああああ」

——味山さん、味山只人の事が好き。

「あああああああああああああああああああああああああああああああああああああああ
ああ
ああ
あああああああああああああああああああああああああああああああああああ゙あああああ
ああ
あ」

坂田時臣の人生は完璧だった。
自分が笑えばそれだけで女は皆、顔を赤らめる。
初めて女を知ったのは13歳。
新婚の人妻が自分へ向ける顔を見て、自分の価値を確信した。

——だから、ごめん、時臣の気持ちには応えられない。だからここでおしまい。

全部ゴミと化した。

貴崎凛からの拒絶。

「嘘だ！　嘘だ嘘だ嘘だ嘘だ嘘だ！　こんな日があってたまるか！　こんな思いを俺がしてたまるか！　この俺が、坂田時臣が、こんなの！　間違いだ！」

路地裏。

1人男がのたうち回る。唾をまき散らし、壁にぶつかり、道路に頭をぶつけ。

「凛……なんで、なんで分からない……俺に相応しいのはお前で、お前に相応しいのは俺だけなのに」

地面に這いつくばり、声を絞り出す坂田。

思うのは1人だけ。

貴崎凛。

人を斬る為だけに生まれた刀。1つの目的の為だけに造られたモノは美しい。

貴崎凛も同じ。

血の営み。

古い一族の悲願を叶える為に優秀な血を選び交配し、そして完成した芸術品。

「ふざけるなよ……お前の血は俺と混ぜてこそだろうが……あ、味山と、凛の血が？　うおええ、うえええ」

びちゃびちゃ。胃液が口から零れる、想像が肉体を追い込んでいく。

「駄目だ……凛、そいつはその男だけはダメだ……顔も身体も家柄も金も何もかもがお前とは住む世界が違う人間だ……なんで……」

——味山さんといるとね、ドキドキするんだ。気になってずっと見ちゃう。私の事も見てほしいって思っちゃう。

「あああああああああ……違う、違う違う……！　なんで、どうして、こうなった、俺が、あの時、凛と残らなかったからか？　俺が、今日、負けたからか……負け？　あ、あああああああ」

絶望とは気付くことだ。

今、坂田は気付いてしまった。

自分が既に、負けを認めていた事に。

権力を使っても、実力で排除しようとしても、社会的に潰そうとしても。

——近づくな、格下が。

負けたのだ。味山只人（ただひと）に。

「……味山」

生まれながらの勝利者、成功者。

坂田時臣の人生は洗練されていた。

欲しい物があれば手に入る、奪える。愛も、人の心も。何もかも。

完璧だった。

探索者になるまでは。

「味山……」

味山只人に、出会うまでは——。

「おばんです」

「あ……？」

声が、した。

かち、かち。

路地裏の外灯が急に息切れし始める。

「おばんです」

「っ、誰だ!? 誰かいるのか!?」

誰もいない。路地裏には坂田だけ。

後は、ダストボックス(大きなごみ箱)があるだけで。

「……チッ」

舌打ちすら、空(むな)しい。

だが、坂田の探索者の部分が反応した。

「……なんだ? 妙に静かだ」

もしも、坂田がまっすぐに探索者という仕事に向き合っていれば。

味山只人ならば切り抜ける事が出来たろう異変に気付けたかもしれない。

だが、もう全てが遅すぎた。

しゅっ。

ゴミ箱から黒い管が伸びた。

「は?」

ぷつ。

坂田の喉に刺さる。

「ば、え、あ？」

「おばんです」

じゅん。ばたん。

蛙に喰われた蠅のようだ。

黒い管に巻き取られ、坂田はダストボックスへ呑み込まれた。

ばたん、がたん！　がた！　た……たん……。

すぐに静かになった。

「おばんです」

ぎいいい。

ひとりでにダストボックスの蓋が開いた。

「……あー」

坂田だ、そこから出てきたのは坂田時臣。

「……本体との同期完了。脳組織、内臓、骨格の肉人形への置換、完了……個体識別名〝坂田時臣〟の生前記憶から疑似人格の作成開始……作成完了。耳の部位保持者への強いコンプレックスを確認……戦闘型へ採用……」

白目を剝き、直立したまま、坂田の口が音を出力する。

「おばんです、肉人形、坂田時臣(ときおみ)」

「あ……——……ははは。ああ、おばんです、本体」

「今この時より、坂田時臣、貴方(あなた)は肉人形です。記憶も魂もホルモン反応も全て生前の坂田時臣のものと同じものを用意しました、本体からの指示です。このままバベル島に潜伏、坂田時臣として生きなさい」

「了解……本体」

　坂田の口が交互に動き、1人で会話を繰り返す。

「……ははははは。はははははははは」

　バベルの大穴の奥底で生まれた存在。

　かつて、味山只人が見え、戦い、蹴散らした恐怖は静かに、静かに、バベル島へ。

　もう坂田は人間ではない、
　肉人形。心臓は動き、脳みそはめぐり、顔は嗤(わら)う。

「ははは……ああ、そうだ、凛、これでいい。力だ、これで、お前に並べる……今度こそ、凛に、あははは」

　坂田は笑う。嗤う。

　路地裏の出口に向けて歩き始める。

　生前に感じた事のない高揚を抱えて笑い続けた。

「迎えに行くよ、凛（りん）」

深い夜、坂田（さかた）時臣が死んで、坂田時臣が生まれた。

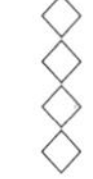

TIPS€　警告。起きろ、囲まれ――脳脳脳NONONONONONO脳脳脳脳脳NONONONONONONONONONONONO脳脳脳脳脳脳脳脳脳脳NONONO脳

「あ……?」

味山只人はベッドの中にいた。

ほろ酔いのまま、雨霧達（あめきりたち）をタクシーエリアまで送り、男だけでラーメン食って解散。

そのまま直帰、就寝。

した、はずだ。

「う、ううん……あ、あ、えへへ、あれ、目が覚めちゃいましたか?」

見覚えのないシングルベッドには、味山以外の温（ぬく）もりがあった。

桃色の髪、銀色のインナー、肩までの長さの髪がベッドにばらつく。

甘く、濃い女の匂いが鼻を、脳みそにまとわりついて。

「……は？　誰？」

「く、く、く、来瞳（くるめ）、です。え、へへ」

半裸の目隠れ美人が、微笑（ほほえ）む。

「も、も、もう少し寝ていませんか？」

垂れた前髪の隙間から隠れていた彼女の目が覗（のぞ）く。

燃え始めの焚火（たきび）に似た、オレンジ色。

火を映したような目。

「ぼ、ぼ、ぼ。凡人探索者、さん」

「あ、あ、あの。か、か、神様の色って知ってますか?」

「…………あ?」

じゃー、ざっ、ざっ、ざっ。

世にも奇妙な風景だった。

時刻は深夜2時。

妙にエロイ寝間着を着た美人がキッチンに立っている。

「え、へへ。た、たのしいな、お、お、お料理するの初めてです、えへへ」

じゅー、じゅー。

油の跳ねる音、換気扇が回る音、開けた窓から入り込む秋の夜の空気。

そして、鼻をくすぐる香ばしい匂い。

肉と、香辛料と、ごま油の香り。

「あ、あ、お待たせしました、や、夜食です。……この子、い、い、いい子ですね。あ、貴方を心配して、ついてくるなんて」

「あ……？」

餃子(ギョーザ)だ。

いつのまにか、テーブルの前に座っていた味山(あじやま)の目の前に餃子が並べられていた。

いつ並べられたか、分からない。

「あ、ね、寝ぼけてますよね、えへへ。すみません、貴方とこうして、お、お、お話ししたくなっちゃって招いちゃいました、あ、あ、貴方の部屋でも良かったんですけど、あそこは囲まれてましたから」

「……悪い、なに一つ理解出来ねえんだけど、これ、夢か？」

「え、え、へへ。ど、どっちでしょうか？」

理解不能な状況だ。

分かる事は一つ。

ここは、自分の家ではない。

「あんた……あめりやの……」

「あ、く、来瞳です……えへへ」

「……来瞳さん、すまん、説明してくれないか？　ほんとに意味が分からなくて混乱してる。ここはどこで、アンタは何をしてるんだ」

「こ、ここは私の家で、今、お、お夜食を作りました、えへへ。お、美味(おい)しく出来てればいいな」

「あ、どうも……すみません」

「あ、わ、へへ。あ、あ、貴方の本質は、な、何も恐れていないんですね、そ、それはノミの勇気でしょうか、そ、そ、それとも、人の勇気でしょうか？」

ヤバい女だ。

だが、対応には慣れている。

決して相手のペースに乗ってはならない。

「……夜食、頂くぞ」

「あ、え、へへ。ど、どうぞ、召し上がれ」

見た目は良い。

きつね色の焦げ目に、ふっくら膨らむつやつやの皮。

「……え、旨（うま）……」

口に含んだ瞬間こぼれる肉汁。小籠包（ショーロンポー）のスープのような。

旨みが凝縮された肉汁で口内を火傷（やけど）しそうになる。

味変として、用意されていたタレにつぷり。

「なんだ、これ。ポン酢、じゃない？」

「あ、う、う、薄口醤油（じょうゆ）にレモン汁、山椒（さんしょう）の粉末を混ぜました。ど、どうでしょう？」

「……いや、美味いです」

箸が進む。

少な目の生姜、ニラなどの香味野菜もシャキシャキの歯応え。

肉種にもしっかり味がついている。

米が食べたくなる餃子だ。

「い、い、良いですね、人間が食事をす、する姿は。ち、ち、頂点捕食者。この星の生命を全て食べる資格を得た貴方達らしいです」

「……やべえ状況だな。あんたが何をしたいのかも、これが夢なのかも分からねえ、分かるのは一つ、この餃子がめちゃ美味いという事だけだ。ライスとお茶はあるのか？」

「え、へへ。さ、さ、流石は、ぼ、凡人探索者。いいですね、とても。その態度、とても、期待出来ます。あ、ライスとお茶です」

「うお」

気付けば、味山の目の前にほかほかのライスとペットボトルのお茶が現れた。

目の前の女が動いた様子はない。

「なるほど、夢か」

「ど、どうでしょうか。そもそも、あ、貴方が現実だと思っているものこそ、夢かどうかなんて区別出来ていないのでは？」

「深夜2時、ロクに話した事もない女の家にいつのまにかいて、餃子を食べている、少なくともこれは夢か何かだろ」

「あ、あ、貴方は人の話を聞かないんですね。き、き、興味深いです、す、ふふ」

「来瞳さん、アンタもずいぶん人の話を聞かないみたいだな」

「そ、そんな事もあ、ありません。す、ふふ。同じベッドで寝た間柄なのに、冷たいですね」

「………間違いはなかったよな」

「さ、さ、さあ。ど、どうでしょうか？　ご、ご、ご自分で確認されてみますか？」

来瞳がすっと立ち上がる。

寝間着、ベビードール。

ざっくり開いた胸元、膝の上までの丈。くびれた腰の辺りは透けて肌が見えている。

「ちょ！　やめてくんない!?　色々見えてるんですが！　やめろ！　裾を持ち上げるな」

「ぼ、凡人探索者さん。わ、私、貴方の事、し、し、し、知っています」

「は？」

「熱くて、怖くて、だ、だ、だ、大嫌いでした、で、も、貴方のつ、つ、強さだけはな、な、なかなかのものでした」

首を横に傾(かし)げる来瞳。

はらりと、長い前髪が垂れて、隠れていた目が露(あら)わになる。

「ふ、不思議です。この肉体に宿るのは貴方(あなた)への確かな拒絶と、強い恐れ。で、でも、わ、私は今、あ、あ、貴方をもっと知りたくなってる」

「おい、電波にも程がある。いいから服の裾を下ろせ、まくろうとするな、マジで見える」

「ま、間違いがな、なかったか、確認してくれないんですか？」

TIPS€　警告　人――脳NONONONONO脳!!

ヒントの挙動がおかしい。

聞き取れない雑音によって乱されている。

「なんかやばいな、これ」

「味山只人(ただひと)さん」

「う……お」

目が、合った。

いつのまにか、来瞳が息遣いの分かるほどの近距離にいる。

顔が近い、髪で隠れてよく分からなかったが、彼女もまたあめりやの女。

美だけで男をおかしくさせる魔性の1人。

オレンジ色の瞳に自分の間抜けヅラが映っている。

「わ、わ、私、あ、貴方をし、知りたいんです」

「アルファチームの公式サイトに経歴は載せてるんですが」

「そ、そ、そ、そんなんじゃないんです、わ、私、知りたいんです」

「お、おい」

そっと頬に来瞳の手が添えられる。

なんて冷たい手だ。

「知りたい。わ、私の身体の元となった竜は、貴方を強く、お、恐れていました、で、でも、同時に深く、感謝もしてい、い、ました」

身体に心地よいしびれが走る。

これは良くない。毒虫に喰われる獲物だ。

「わ、私を求めてください、私も貴方を求めています。凡人探索者」

「近っ」

「い、今、貴方の身体は男で、私の身体は、お、女です。己の全てをぶ、ぶつけ合って、感じ合えば、し、知れるかもしれない、貴方は、あの時の探索者なのでしょうか」

「あ、んた、何が、したいんだ」

「す、ふふ」

女が笑う。

「見て、ください。これ、私の手。震えています、貴方に近づくと怖くて、怖くてたまらなくなるんです、でも」

「あ、バカ!!」

ふにゅり。

手のひらに、この世の柔らかさの究極を感じる。

気体であり液体でもあるような柔らかさ。

すべすべの布の上からでも分かるその心地よさ。

「お、っぱ――」

「わ、わ、分かりますか？　この心臓はこんなにも、高揚してます。分かりますか？　わ、私の気持ちが」

来瞳(くるめ)が味山の手を取り、そのまま己の豊かな胸へと押し付けた。

味山はもちろん固まって動けない。

「器たる肉体はこんなにも貴方を恐れている、でも、私自身はこんなにも貴方を求めている。ああ、何がしたい、で、で、でしたね」

熱い吐息。

にゅ、にゅ。

己の肉体を味わわせるように、自らの胸を味山に揉みしだかせ続ける来瞳。

「私は、神様の色が知りたいんです」

オレンジ色の瞳には湿気を伴う熱が宿る。

「や、やっぱり、また不思議ちゃんかよ」

「こ、ここの世の全てが知りたい。1+1の答えから、神様の色まで、この世の全てを知りたい。そういう風に出来ているんです」

「1+1の答えは2だ！　一つ賢くなれたな！　悪いが、俺に近づいても神様の色は無理だぜ」

「い、い、い、いいえ。いいえ、そ、そ、それは違いますよ、ぼ、凡人探索者。あ、貴方はきっと、誰よりも、神様の色に近い存在です」

「は？」

「だから、貴方を知りたい。ね、ね、ね、一つにな、な、なりましょう、貴方と、私が一つに溶けあえば、きっと、き、きっと、神様にも近づけます、その色を知る事が出来るかも」

熱い肉体が、味山に更に近く。

胸に向かっていた手は首へ、あてがわれる。

黒い管。

どこからか、生えているそれが、味山の首に纏わりついて。

「おい、これ……あ……」

つぷ。味山の首元に、来瞳が口づけを施す。

柔らかい、全部が柔らかい。

彼女の唇から伝う熱が、味山の脳みそを焼いていく。

「て、抵抗しないでください。一つ、一つにな、なりましょう。貴方を知りたい、貴方に知ってほしい、だ、大丈夫、き、き、きっと、とても気持ちいいです、ああ、服も、肌も、邪魔です」

はあ、はあ。

喘ぐような女の息遣い。

むせるような女の匂い。

「あ、貴方が欲しい。あ、貴方にも私を、ほ、欲しがってほしい。触れてほしい、触れたい、抱いてほしい、抱きたい、ああ、わ、私、興奮してる、す、す、すふふ。肉体はこんなに鳥肌が立つほど、貴方を恐れてるのに、ああ、私は、私はこんなにも、もう、貴方が焼き付いてる、ああ、恐ろしき只(ただ)の人。凡人探索者、――〝耳の部位保持者〟」

来瞳の唇が、首を伝い、顎を伝い、そして、味山の唇へと――。

そのオレンジの瞳は欲情と恋慕に満ちて。

「敵だな、てめえ」

「えっ」

TIPS€ YOU ATE MYSTERY(お前は神秘を食べた)

TIPS€ はじまりの火葬者を餃子(ギョーザ)として摂取した、その業はお前に引き継がれた

「おいおいおいおい、さっきの餃子、もしかして工龍(ワンロン)で買った猿の手か？……夢にしちゃあ、設定がきちんとしてんなァ」

「あ、なた、なんで」

「耳の部位保持者がどうのこうの……夢でもなんでも関係ねえ、余計な事を知ってるてめえは、敵だ」

「え、いや、待って、これ、夢じゃ」

「やかましい!!　そもそも前髪両目隠れ美人がそんなエロイ服着て、俺にこんな感じで言い寄ってくるなんて夢以外にありえるかよ！　最近リアルな夢をよく見るからなァ！　慣れてんだ、こういうのはァ！」

「きゃっ」

しなだれかかる来瞳を撥ねのけ、味山が立ち上がる。

「帰る！　ていうか起きる！　もう二度と来ることはない！　あ、これ全部頂きます」

かかかかか。ごくごっく、がつがつがつ。

テーブルに残されたライス、餃子、お茶を全て平らげる。

「ご馳走様でした！　お休みなさい！　あ？」

即座に玄関に向かった味山、その目の前に現れたのは――。

「す、ふふふ。術式仮説構築――か、帰しませんよ、す、ふふふ、あ、貴方、良い、とても良い」

ずるるる。

黒い管、壁から床から生えたそれが味山の行く手を遮る。

「き、き、決めました、貴方、絶対欲しい、知りたい、知りたい、貴方を――」

「教えろ、クソ耳」

TIPS€　NONNONONONO脳——

駄目だ、TIPSは答えない。

「む、無駄です、す、す、既に貴方と耳の繋がりは解析済みですから」

「やかましい！　何がNOだ！　普段は聞いてもいねえのに余計な事ばっかまくし立てるくせに！　肝心な時に使えねえな！　働けクソヒント！」

「す、ふふ。そんな事で、部位の権能は応えないで——」

TIPS€　は？　余裕だが？

「ほにゅ？」

来瞳が目をパチパチと瞬きして。

TIPS€　攻略情報提示。〝人知竜の肉管〟。くだらない魔術式によりバベルの大穴から持ってきた肉の一部だ

TIPS€　攻略手段確認。お前は〝はじまりの火葬者〟の火を引き継いだ、燃やしてやれ

アレタ・アシュフィールドに聞いた事がある。

遺物を使う感覚とはどのようなものか、と。

曰く、瞼を開けて閉じる、息を吸って吐く。

人間が生まれつき、いつのまにか当たり前のように出来る事。

それと同じだ、と。

誰に教えられる事もなく、初めから使い方が分かるらしい。

ならば、味山のコレは。

「なるほど、これはやっぱ遺物じゃねえな」

味山は只、彼らに身体を貸すだけ。

その何もない器を以て、古い彼らの業を再現する。

「餃子、身体を貸してやる、見せてみろ、お前の力を」

「え、え、え、え、え——あは、凄い」


ぼおう。

それは火だ。

「マジかよ」

薪を舐め、広がる火のように、味山の右腕に火が灯る。

明らかな異常事態。

だが、夢ならまあ、それもいいだろう。

「ぎゃははは！　すげえ、腕が燃えてんのに熱くもねえ！　河童の水、骸骨の技、なんかよく分かんねえ奴の火！　ちょっと俺強くなってきたんじゃねえか!?」

ぼおう。

味山が燃え盛る腕を、檻のような黒い管に翳す。

ぼおおおう。じゅうう。

燃える、燃える。あっという間に行く手を阻む黒い管が燃え尽きて。

「う、そ……この、火、ああ、その火……やっぱり、思った通り、貴方が……す、ふふふふ」

「じゃあな、悪夢の住人、餃子ご馳走様でした。よし、とりあえず帰って寝りゃ、目が覚めるだろ。……最近、こういう夢多いなァ、疲れかな」

がちゃん！

味山只人が、部屋を出る。

残されたのは1人、来瞳だけ。

ぺたんと、尻もちをつき、玄関を見つめる。

「え、へへ。凄い、なにあれ、本当に食べて、取り込んで、住まわせている……」

震える手を熱のこもった目で彼女が見つめる。

「ああ……えへへ、へへ。あれ、凄い。知りたい、知りたい……交尾による感情の蒐集には失敗――問い、対象への考察、及び情報収集に次善の方法を検討」

彼女の役割は元々〝考える〟だ。

その機能が一つの目的に集約される。

味山只人への考察。

知りたい。アレを知りたい。

「解答」

彼女はあっさり、それを見つけてしまった。

「味山只人の価値が最も現出する状況を過去の観察から断定」

11月、それは地下から味山を見ていた。

そして、今、触れ合い、その一端を焼き付けてしまった。

「戦闘、闘争、戦争――殺し合い」

そんな彼女が結論づけた、味山只人の全てを知れる機会。

最も彼を理解し、彼に近づく事の出来る機会、それは――。

「戦えばいいんだ……」

「そうだ、そうだ、えへへ、戦えばいいんだ、殺そうとすればいいんだ。味山只人。そうすれば貴方を知れるかな、知れるよね。もっと、もっと面白くなるよね」

がた。

窓が、鳴った。


「――ああ、もう来た」

来瞳が、ふっと笑う。

きっと、きっと、ずうっと見ていたのだろう。

味山只人をこの部屋に連れてきた時から。

「重い女達(たち)」

べた、べた。

手、だ。

窓に、手のひらの跡が――。
べた、べたべた、べたべたべた、べたべたべたべたべた。
赤い手形が何個も、何個も。
クスクス、クスクスクス。
あはは、ふふふふふ。
笑い声がする、何人も何人も重なったような笑い声が。
その笑い声は次第に、人の声ではなくなっていく。
手形が、どんどん、窓に増えていく、部屋の照明が点いたり消えたり、点いたり。

「うこい、うこい、うこい、うこい、うこい」
「でんな、でんな、でんな、でんな、でんな、でんな、でんな、でんな、でんな」
「てきてで、てきてで、てきてで、てきてで、てきてで」
「てれいやへお、てれいやへお、てれいやへお、てれいやへお、てれいやへお」

かりかりかりかりかりかりかりかりかりかり。

壁を掻(か)きむしるような音。

ばんばんばんばんばん。

窓を、ドアを叩(たた)き続ける音。

窓の外が赤い。

ああ、何かがいる。窓の外に人影が。

金色の髪、金色の瞳。

それは皆(みんな)、笑顔で——。


「貴女(あなた)達の相手はまた今度」


来瞳の腰から伸びた黒い管。

窓を貫き、外に溜(た)まっていた何かを追い払う。

笑顔の人影も消えた。

もう、静かだ。

「焦らないで、え、へへ。貴女達は彼を食べた後、相手をしてあげますから、ああ、楽しみ、楽しみ」

その部位は、燃え残り、1人になり、自我を得た。

「ああ、味山（あじやま）只人、貴方なら相応（ふさわ）しい、あの耳の代わりに相応しい」

その部位は、役割とは別に生きるたのしみを見つけてしまった。

「こ、こ、今度は負けないぞぅ……凡人探索者」

第6話■【神秘よ、我が号令に応えよ】

ちちちちち、ちちちち。

じゃあああ。ざあああ。

こぽり、こぽごぽり。

森の音、山の音が耳を撫(な)でる。

清水が湧き、岩に砕ける。

木々の隙間で、小鳥が歌う。

「ん、あ……また夢かよ」

いつもの夢だ。

「あれ……俺、いつ寝たんだ？　なんか、夢見てたような」

渓流の夢、ならば――。

「にいいいいしいいいいい、西国一の河童大親分んんんん」

「ひいがああしいいいいい、全てを見送り悼んだ送り人おおおお」

「きゅきゅ!!」

「ぼおお、ぼお……!!」

こぶしの聞いたしわがれた声、高い鳴き声に、初めて聞く間延びした声。

相撲だ。

いつものマスコット河童の九千坊(きゅうせんぼう)、そしてなんか見覚えのある行司をしている骸骨。

そして——見た事のない毛むくじゃらの奴が相撲をしている。

「何アレ」

「ああ、良いところに来た。相撲だよ、相撲。九千坊と先ほどここに棲(す)む事になったはじまりの火葬者が魚を取り合って相撲をしているんだ」

「相撲で?」

「相撲で」

味山の背後に現れたのは黒い人影、通称、ガス男。

「……なんか初めて見る奴らが2人もいるんだけど」

「キュマー!! マ!!」

「ぼおう! ぼう!」

「のこった! のこったのこった!」

なんだこれは。

河童のマスコットと小さい毛むくじゃら、そして骸骨の行司。

「九千坊に鬼裂に、はじまりの火葬者。歴史学者や陰陽に通じる者が見れば卒倒しそうな光景だね、壮観とすら言える」

「俺の目には面白マスコットがわちゃわちゃしてるようにしか見えねえ」

「まあ、そう言うな。ほら、さっき鬼裂が釣った魚だ、少しつまんでいくかい？」

ガス男が魚の開きを網に載せ、うちわで扇ぐ。

七輪、炭火の香ばしい匂いが味山に届いた。

「……カウンセラーに相談するべきだな、夢の中でマスコット達が相撲取るのを眺めながら、ガス男が焼いた魚を食べたりしてるんですって」

「キミはどこまでも正気だよ。お、白熱しているようだ」

「キュッキュアアア!!」

「ぼ、ぼぼおお?!」

キュウセンボウが一瞬の隙をついた。

はじまりの火葬者の背後に回りそのまま投げ飛ばそうと――。

「ぼぼう」

ぴとり。

「きゅ？」

ぼおう。

火だ。

はじまりの火葬者の手のひらに火が灯る。

それは一瞬で彼の身体中に燃え広がる。

彼に組み付いているキュウセンボウすらも、包み込んで——。

「……キュアアアアア！！？？」

火だるまになったキュウセンボウ。

土俵から飛び出て、そのまま河に身を投げる。

じゅうっ、煙とともにすぐに火は消えた。

「きゅううう……」

ぷかり。

腹から浮かんだキュウセンボウが大きく安堵したように息を吐く。

なんだこれ。

「ぼぼう!!」

唯一、土俵に残ったはじまりの火葬者。

めらめらとその身体が燃える。しかし苦悶の様子はなく、誇らしげに胸を張っていた。

ほんとになんだ、これ。

「……押し出しいいい!!　〝はじまりの火葬者〟!!」

「あれ押し出しか？」

「まあ、行司がそう言うのなら……」

味山とガス男が焼魚をつまみながらぼやく。

「お味はどうかな、仮宿の主人よ」

「うお!?　骸骨!?」

ぬっと背後から掛けられた声。

振り向くとそこにいたのは骸骨だ。

着流しのような和装、それに平安の貴族が被ってそうな烏帽子。

「くく、こうして会うのは……初めてよな。なんと言うべきか。よくぞここまで生き残ったものだ、その才無き身の上でな」

「……おかげ様で。皮肉屋の骸骨が要所で力を貸してくれたからな。耳のバケモンの時も今夜のアホ退治の時も」

「ほお、貴様、あの晩、俺に首を斬り飛ばされておるというのに、ずいぶんと余裕よな、警戒しなくて良いのか？」

腰に佩く太刀の柄を、骸骨が撫でる。

虚ろな眼窩の奥には何も見えない。

だが、この骸骨が愉快そうにしているのは分かった。

「その腕前も、今は俺の道具と思えば心強いぜ」

「――くくく、かかかかか!!　貴様、良い！　なるほど、水天宮の子を手なずけるだけはある！　それに、貴崎の血にも関わっているのか」

「鬼裂……確か、アンタの名前だ。それに、貴崎の先祖がどうのって」

「ほう、そこまで話をする間柄か。……ふむ、どこで貴様と縁が繋がったかは知らんが、俺と貴様の間にはなんらかの約定が交わされていたらしいな」

「約定……？」

「ああ、俺はなぜか、貴様の名前を元より知っておった。そして、貴様が味山只人ならば、力を貸すのは当然か……ふふ、いや不思議だ、俺はなぜか、既に貴様の事が嫌いではない」

「お？　意外と高評価だな、どこかで俺のレビューでも見たのか？」

おどけながら、味山は考える。

鬼裂、貴崎の話以外に、どこかで聞いた、いや、何かもっと――。

「まあ、些事よ、些事。重要なのは、味山只人、貴様が力を欲しているという事だ」

「力……まあ、あるに越した事はねえ。厄介な化け物に絡まれる事が多くてな」

「くくく、なら、貴様は当たりを引いた。この身、彼岸に未だ渡らずとあらば丁度良い」

骸骨が、からからと笑う。

「未だ怪物狩りは終わらず。良い、些末な事は全て良い。人は滅ぶまでの退屈をしのぐべく、業を振るもの。暇つぶしには丁度良いわ、味山只人、貴様の戦に手を貸そう」

「お？　話が分かるな。正直、もっとなんか気難しいかと思ってた」

「かかかか、老骨扱いするな、ひよっこめ。重要なのは、未だ鬼裂が存在し、狩るべき鬼が存在する事、それだけよ、それだけが重要なのよ」

骸骨が、音もなく太刀を抜く。

味山には彼がいつそれを抜いたかも、そして振るったかも分からない。

「う、お」

ただ、気付けば河が切れていた。

途絶えるはずもない水の流れが、断たれ、絶たれ。

「当世の怪物狩り、味山只人。恐るべき只の人よ、怪物あらば、呼べ、叫べ。俺の名を」

骸骨が刀を鞘に納める。

同時に、再び河の水が流れ始める。

最初から斬られた事など気付いてすらいなかったように。

「頼光の化け爺に並ぶ鬼裂、その狩り、その業を貴様に見せてやろう、ぞ」

バチクソに強い骸骨の化け物がにいっと笑った。

「……よろしく頼む、鬼裂先生」

「良い、好きに呼べ。だが、貴様、本当に面白い者を集めたものよな」

「喋る骸骨が人の事言えるのか？」

「ふん、俺なぞ水天の子や、かの者に比べれば若輩よ。……ほうら、来たぞ、一番の大古強者だ」

「あ？」

骸骨が、一歩その場を退く。

味山の視線の先には彼がいた。

「ぼう」

「おお……九千坊と相撲してた奴か？」

ふと、目の前に彼が現れる。

毛むくじゃらのまん丸の小人。妙にデフォルメされている。

「彼もキミにあいさつしたいようだ。彼を拝領した存在として、受け止めておやりよ」

ガス男の声は穏やかだ。

「受け止める？」

「心せよ、ということだ。彼がキミにとってどんな存在なのか。キミが彼にとってどんな存在なのか。きちんとここで理解していくことだ。本来ならば、君達は決して相容れない存在なのだから」

「なんだ、そりゃ」

目の前にぽつねんと立つはじまりの火葬者に向かい合う。

「君はその傲慢な頂点捕食者の血に逆らうことが出来るかな？」

何言っててんだ、コイツ。

味山はガス男の言葉を聞き流し、じっと、その毛むくじゃらを見つめる。

その瞬間だった。

「お、あ？」

どくり。心臓が跳ねる。

目を白黒させる。身体中から脂汗が噴き出た。

じっと、毛むくじゃらは味山を見上げている。

「……」

――滅ぼせ、滅ぼせ、再び滅ぼせ。

「TIPSとは違う声が聞こえるかな？　味山只人、君は凡人である故に人間という枠に強く戒められる。ホモ・サピエンス（賢い ヒト）としての本能の声が聞こえるハズだ」

こちらを見上げる小さな身体。

その目は味山を恐れていない。

「まだ神もいない古い時代、彼らは君達と霊長の座を争った種族。賢い人には至れなかったヒトの近縁」

本能が、自らの遺伝子の近縁種を滅ぼそうと脳を殺意で満たしていく。

「戦い、殺し、奪い、繁栄した人類の血は、君が思っているよりも残酷だ」

TIPS€　ホモ・サピエンス（賢い人）の血の命令が発動、近縁種に対する殺意の増大により、精神異常発生

——殺せ、殺せ、滅ぼせ。

声が聞こえる。

味山の遺伝子が、血の命令が、味山を従えようとする。

「……せえ」

——滅ぼせ、血の役割を果たせ。

「……るせえ」

——役割を果たせ。

それは遺伝子からの命令。

生きるとは、生き物としての役割を果たし続ける。

気付けば、味山の手にはいつもの手斧（ておの）が握られていた。

敵を殺す為の道具。

「ぼう」

「……あ？」

その場に膝をつく味山に、火葬者が手を差し出した。

右手、差し出されたその形は握手。

「ぼう」

毛むくじゃらから覗く目。

そこにあるのは純粋な心配。

「……バカか、俺は」

――滅ぼせ、血の役割を果「やかましい、黙ってろ」

ばつん！

その手斧は、毛むくじゃらに振り下ろされる事はなかった。

「あークソ、夢でもいて～」

手斧は味山の太ももにぐっさりと。

きつけ代わりの一撃として。

「キュマ……」

「見事」

「ぼ、う……」

己の我を通す為なら、痛みも恐怖も関係ない。

味山の行動に、神秘達が茫然(ぼうぜん)と立ち尽くす。

「うるせえ声は消えた、瀉血(しゃけつ)だ、瀉血」

「はは……やるじゃないか、味山只人」

「ガス男、こういうイベントがあるんならはっきり教えとけ。あー、えーと、毛むくじゃらさん」

「ぼう」

激痛に耐えつつ、味山が膝をついたまま、毛むくじゃらと同じ目線で話す。

「挨拶がまだだった。俺は味山只人。探索者をしてる、あんたは？」

「ぼう……」

「味山只人、彼に名前はない、まだその概念などなかった時代の生物だ、ホモ・エレクトゥス、有名な所では、そうだな、かのジャワ原人も彼らの一種だと――」

「じゃあ、ジャワで。そう呼んでいいか？」

「ぼ！　ぼうぼう!!」

跳びあがり、何度も首を縦に振る毛むくじゃら、いや、ジャワ。

味山は何かを忘れているような気がしたが……。

「驚いた……ずいぶんと気に入られたようだね。まるで元から縁を繋いでいたみたいだ」

「初対面だ。そして初対面だからこそさっきの態度はまずかった。九千坊(きゅうせんぼう)や鬼裂先生の時みたいに礼儀は大切だ」

「ぼう」

ジャワがおずおずと、右手を差し出す。

味山もまた、その手を握り返して。


「ああ、人よ。よくぞ、ここまで」


「ジャワ?」

ぼ、としか言わなかった、はじまりの火葬者。

彼の言葉が聞こえた。

同時に、流れ込んでくる。

「うお、これは……」

味山の夢とジャワの夢が繋がる。

「ほう……これは」

「キュマー……」

皆(みんな)が見上げる空。

満天の星。

今とは比べものにならないほどに、生命に満ちた大地の記憶。

彼が生きていた時代の光景が、味山の夢に流れ込む。

倒れていく仲間達。

生存競争に敗北し、徐々に少なくなる仲間、乏しい食料。

1人、また1人、彼を置いて死んでいく。

彼(ジャワ)は目から流れる液体の名前も、意味も知らないまま、静かに慟哭(どうこく)した。

1人で、火を熾(おこ)し、薪(まき)をくべ、それを大きくしていく夜。

永遠の眠りについた同胞が二度とこの残酷で美しい世界に生まれてこないように。

同胞の亡骸(なきがら)を弔う。

長い、孤独。長い夜を1人で。

味山はその孤独と行動に1つの感想しか抱けない。

ああ、凄(すご)い。

これを、1人で。

それは業だ。

はじまりの火葬者、もう誰も知らない神秘の残り滓(かす)が確かに世界に刻み込んだ業。

同胞の魂が、もう二度と生まれてこないように、せめてあの星空の彼方まで昇るように。祈り、願い、燃やす。

味山が無意識に頭を下げた。それは純粋な敬意だった。

「〝はじまりの火葬者〟……凄いな」

「……君こそ。我々がたどり着けなかった存在。この残酷で美しい世界には君達のような生き物こそ、相応しい」

ジャワの金色の瞳が、味山の目に映る。

「だからこそ、君が生き残るべきだ」

ぼおう。

熱が、熾った。

「卑しく、傲慢で、残酷で、汚らわしい」

ジャワの言葉に籠るは確かな怒り、悲しみ。

「しかして高潔で、謙虚で、慈悲深く、美しい生き物。人間よ」

ジャワの言葉に確かに残るは、惜しみない賞賛。

「我が永い時の果ての遠縁の息子よ。君に、火を。君の道を照らし、仲間を暖め、敵を燃やし尽くす火を、貸し与えよう」

ぼおう。

繋がった手。

はじまりの火葬者と交わした握手を伝うのは、火。

彼が見出し、そしてヒトに広がり、人を拓いた自然の奇跡、そして人間の力。

はじまりの火葬者の火を、味山只人が継ぎ火していく。

「これ、さっきの……」

ぼおう。

右腕に、火が灯る。

躍る火の粉。熱さは感じない。

ただ心地よい火の揺らぎが、目を癒す。

火の粉が飛んで肘に、力瘤に。

燃え広がる火はそして、肩の辺りで留まった。

味山の右腕が、燃えていた。

「ぼう、ぼぼ」

もう、はじまりの火葬者の言葉は分からない。

でも、彼が笑っていることだけが分かった。

「……見事だね、味山只人」

ガス男の小さな拍手の音だけが、夢に響く。

食べて、知り、理解し、繋がり、認め、拝領する。

L計画(レベルプラン)。

アプローチ2、伝承再生はここに完成した。

「……あれ、待てよ……これって、俺、ジャワを食った事になるんだよな」

「ぼう」

「ああ、その通りさ。今回は餃子(ギョーザ)らしい」

「……え、待って。い、つ、だ？　餃子……なんだ、なんか俺、忘れて――うわ、このタイミングでか」

嫌な予感に気付いた瞬間だった。

眠気だ、抗(あらが)えない眠気。この渓流の夢の終わりの合図。

だが、今回は何か変だ。

「なん、だ、この音……」

りりりりりりりりりりりりりりり。

胸を締め付けるこの感覚。

ひぐらしの鳴き声。

ごーん、ごーん、ごーん。

どこかから聞こえる寺の鐘の音。

「味山只人」

「ガス男？　おい、なんか、聞こえる……ひぐらしと寺の鐘……」

表情のない、ガス状の靄の人型。

ガス男が、じっと味山を見ている。

「……それはきっと墓場の音だ」

「墓場……？」

「多くの者が超える事が出来なかった節目、いや、篩と言うべきかな。その時が近いんだろうね」

「おいおい、おいおいおいおいおい、いい加減にしろ、いつも言ってるがそういう思わせぶりな台詞はやめろ。なんだ、これは。なんだ、その話は」

「……彼女達もまた、動き出した。既に彼女は魅入られ始めた。だが、まだ完全ではない」

眠気、もう立っている事すら出来ない。

りりりりりりりり。ごーん、ごーん、ごーん。

吐き気すら感じる眠気の中、ひぐらしの声と鐘の音だけが響いていく。

「君は力を集めた、九千坊、鬼裂、はじまりの火葬者。そして、２つ目の耳糞。既に条件は揃っている」

「……何を言って」

「探索を全うする時が来た。大丈夫さ、君なら」

　ガス男が倒れ伏す味山を見下ろす。

「生きるとはつまり、自分以外の何かと戦い続ける事だ。人生とは敵との出会いの連続さ」

　自分に言い聞かせるような言葉をガス男が用いる。

「君の今回の敵は憧れだ。歪（ゆが）んだ憧れはきっと君の命を脅かす」

「あ、こがれ？　誰が、誰にだよ……」

「言えることは1つだけ。3つ目だ、味山只人」

「……3つ目？」

「ああ。選ぶのはいつも3つ目。誰かに選ばされる二者択一など蹴散らしてしまえ」

　もう、瞼（まぶた）を開けていられない。

　味山の意識は、ぷっつりと——。

「勝てよ、凡人探索者」

　途切れた。

◇◇◇◇

「何にだよ!!――うお」

ちゅんちゅん、ちちちち。

窓から差す日光、眩しい。

「……今度こそ、自分のベッドか。……あ？　今度こそってなんだ？」

まただ、夢を見ていた気がする。

あの渓流の夢の事はなんとなく、覚えている。

「えっと、九千坊と、鬼裂先生と、ジャワと……ああ、クソ、思い出せねえ」

味山がぼやきながらベッドヘッドにいつも置いているメモ帳に手を伸ばす。

夢日記だ。

あの渓流の夢を見るようになってからつけ始めた記録。

「えーと……くそ、最後に書いたのはいつだ？　なかなか習慣になんねえんだよなあ」

「でも、夢日記ってあまりつけたりしない方がいいらしいわよ、只人」

「ああ、あれだろ？　なんか、夢と現実の境目がなくなっておかしく……ＷＨＹ」

「あら、驚いた、只人良い発音ね。バベル語の翻訳に引っ掛からない辺り、まだまだ自分の言語としては扱えていないみたいだけど」

もぞ、もぞ。

柑橘のような甘い匂いが、自分のベッドからしている。

隣、隣、隣。

少し癖毛気味の金の髪、首回りまでのウルフカット。

底など見えないハイライトのない蒼い瞳。

ゆるい服の隙間から覗く眩しい肌。

「あ、アシュフィールド？」

「ハァイ、タダヒト、良い朝ね。ん、んー……思ったよりよく眠れたわ。あ、ごめんなさい、適当にタダヒトの部屋着借りちゃった」

ベッドの上、四つん這いの姿勢でんーと猫のように背伸びする彼女。

味山のダルダルになったTシャツ、胸元もゆるゆるで。

「……アシュフィールド、その、色々見えるぞ、その恰好」

「へえ……何が見えるの？　ア、ジ、ヤ、マ、サ、マ」

胸元を隠しつつ、アレタがにゃあああと笑った。

「あ」

味山は今ようやく思い出した。

昨日のナイトビーチ、ＴＩＰＳは確かに危機を伝えていたのに。

「……アシュフィールド様、その、ど、ど、どこからご覧になっておいでだったんでしょ

うか」

「ん～なんの事かしら。タダヒト、何かあたしに隠し事でもあった？　なんの事かよく分からないわ」

背伸びしつつ、その長い脚で布団を撥ねのけるアレタ。

味山は少ない脳みそをフル回転し続ける。

もうこれは、何も言わない方が良さそうだ。

「い、や。ていうか、お前、なんで俺の部屋に……ええ」

「もう、忘れたの？　タダヒト、貴方が酔っ払いすぎて自分の家が分からないって連絡してきたのよ、端末見てみれば？」

「え……うお、ま、マジか」

発信履歴を確認。

【発信・11月11日、02：57分・アレタ・アシュフィールド1件】

「あ、ほんとだ……悪い、こんな深夜に掛けちまって、大変ご迷惑を……ん？」

ふと気付く。

発信履歴の隣。

着信履歴――。

【着信・11月11日02：05アレタ・アシュフィールド99件超】

「…………」

「タダヒト？　どうしたの？」

「ナンデモナイデス」

味山は何も見なかった事にし、着信履歴を全削除する。

もうこれは何も考えない方がいいやつかも知れない。

「あはは、もう、何それ。まあ、ひどい二日酔いもなさそうだし、良かったわ」

「え～俺、まさかアレタ・アシュフィールドに介抱させたのか……やべえ」

「補佐の面倒を見るのも、指定探索者の仕事よ、気にしないで。それより、今日はオフよね？　少しゆっくりしたら遅めの朝ごはんに行きましょ、ルーンがこの前美味しいパンケーキのお店教えてくれたの」

「……お、おお。了解」

その店名は確か、昨日貴崎と行った店だ。

だから、味山は気付かなかった。

アレタが、じっと玄関の方を見つめていた事に。

誰もいないはずの玄関をじっと、見つめたまま、味山と会話をしていた事に。

「拭いておかないと」

　アレタが触れたのは、ベッドの近くにある窓。

　彼女がそっと手のひらで触れた、窓。

　そこには——。

「アシュフィールド？　何してんだ？　なんか汚れでもついてたか？」

「ううん、別に。タダヒト。……ほら、歯を磨いて、顔洗う。その後少しランニングして、朝ごはんにしましょ」

「へいへい、了解、アシュフィールド」

「あ、そうだ、タダヒト。２週間後の探索者表彰祭、上級探索者昇任試験の推薦しておいたから。座学もきちんと勉強しててね」

「はいはい……え？」

　アレタの言葉に、味山が固まる。

「そろそろタダヒトも自分の実力に見合った役職に上がるべきよ。貴方、組合からの評価は最低だったけど、この前のダンジョン配信が効いたわね。アレタ・アシュフィールドは怪物の腹の中から生還する探索者を味山只人以外知らないって言ったら一発だったわ」

「お、おいおい、いいのかよ、アシュフィールド。そんなお前の名義で無茶して」

「無茶？」

「うお」

ずいっと、アレタが味山に迫る。

首を傾げ、腰を猫のように曲げて、味山を斜め下から見つめる。

「タダヒト、貴方の上司は誰でしょうか」

「あ、アシュフィールドです」

「そんなアシュフィールドさんの正体は？」

「し、指定探索者？」

「そ。しかも、現代最強にして最高のね。少しのわがままは権利として行使させてもらうわ」

「か、かっこよ……」

傲慢な言葉ですら、彼女が言うとサマになる。

味山が改めて己の上司のギリギリ感を――。

「ん？　あれ……」

ふと、目についた。

ベランダのガラスドアだ。

赤い、何かがついている。

「タダヒト？」

「あ、悪い、そこのベランダの窓、なんかやっぱ汚れが」

「タダヒト」

「あ？——あ？」

がり。

首に熱。生暖かい吐息と、歯の感触。

辛うじて視界に映る蒼い瞳が、見上げてくる。

「ひょうほく、ひてほくは」

「あ、しゅふぃーるど？」

首を噛まれた。

喉仏を摑むようにアレタが味山の首に噛みつく。

生暖かい彼女の体温、甘噛みの圧力。

「……ふふ」

「ひっ」

にいいっと歪むアレタの目、物凄く愉しそうで。

「眠気覚まし……効いたかしら？」

ゆっくり口を離したアレタ。ぺろりと艶めかしく唇を小さな舌が滑った。

「が、合衆国人のスキンシップはやめてくんない!?　顔洗ってくる！」

「クスクス、はーい、行ってらっしゃい……」

バタバタと去っていく味山を見送るアレタ。

また窓を見つめる。

窓に映る自分の顔、耳が少し赤くなっているのをアレタは自覚した。

「……ダメ、彼はあたしの」

ベランダ窓の内側には手形があった。

彼女の手と全く同じ形、内側に――。

また1日が始まった。

きっともう残り少ない最後の日常が。

「貴女達(あなたたち)のものじゃない」

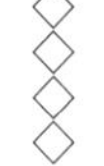

あの合コンから2週間が経(た)った。
その間、味山はそれなりに様々なイベントや出来事に出くわした。
「おいおいおい、立神(たてがみ)さん……これは……！」
「くく、私の準遺物〝鉄火大鍋〟で炒(いた)めたカスミトラのホルモンチャーハン、お待ち……！」

「パラパラかつしっとりの米……！　ふわふわの卵、そしてワイルドかつ深みのある味噌と醤油のコク……！　これは……！」

怪物料理のシェフと、食材探しの探索に出向いたり。

「味山さん！　あの、その、これ、私の高校の文化祭のチケットなんですけど……息抜きにぜひどうですか？」

「え、貴崎の学校ってあの芸能人とかめっちゃいるとこか？」

「はい！　実はその、工芸部と海外旅行部が手作りサウナ体験のコーナー作ってたりして、味山さんこういうの好きかなーって。本場の木材を使ったり、結構本格的なんです。それとニホン刀の展示とか鍛冶体験もあって――」

「行きます」

サウナ体験やらに釣られ貴崎凛と一緒に、文化祭に向かったり。

ほんの少しのトラブルに巻き込まれたり。

そんな感じで、味山只人のたのしい日常は過ぎていった。

味山は、凡人だ。

決して物語の主人公でも何かに選ばれた者でもない。

どこにでもいる凡その人。只生きて、只死ぬだけの凡人。

明日、交通事故で死ぬ人間が、今日を最期の日と認識などせずに過ごすように。
凡人に運命が微笑(ほほえ)む事はない。
だから、当たり前にその日がやってきた。

注意・最後の日常を終えますか？

注意・もう二度と戻る事は出来ません。いいですか？

そして——。

『今日のニュースです、本日から1週間の間、バベル島では1年に1回の祭典が催されます』

『探索者表彰祭はバベル島の生誕と探索者制度の制定を祝う祝典です。各国の首脳部やアーティスト、セレブ、著名人の多くが足を運び、それぞれの形で探索者を祝っています』

『探索者表彰祭の1日目の目玉はなんと言っても〝上級探索者昇格試験〟です。この試験は今回初の試みとして、世界同時配信されます』

『世界中から多くの観光客、そしてＶＩＰが訪れています。見てください！　この盛り上がり！　このように大通りでは出店やパレードが連日催され、訪れた人々の歓声と笑顔に包まれています』

『ニホンでは多賀内閣総理大臣を始めとした内閣のメンバーもバベル島入りしました。この祭典ではＧ7主要国との会談も予定されており、今後のバベル島の運用についても話し合いがされていくと予想されています』

『探索者くじの購入数が過去10年における宝くじの購入数を超えました。今回のくじは上級探索者昇格試験の1位合格者を予測するくじとして、ネットを中心に様々な話題で盛り上がっています』

「観光客は既に数万人を超えています！　オーバーツーリズムが心配されていましたが、バベル島の街区システムの機能により、今のところ目立ったトラブルは起きていません。それにしても凄い熱気です！」

『皆（みんな）ー！　見てる!?　〝ｓｐ〟のギター担当、美礼でーす！　今日は特番、バベル島の探索者表彰祭のレポートをしちゃいまーっす』

『あ、どうも……　〝ｓｐ〟のボーカル担当の佐久、です……えと、私達、ライブも実はあって……あ、もうめんどい……レポート、私無理だわ』

『佐久！　あんた昨日オタク君に頑張るって約束したじゃん！　仕事だよ、仕事！　はい、ビジネススマイルして！』

『探索者表彰祭の様子は1週間、世界中でネット、テレビ配信され続けます、皆様もぜひ』

「正月と年越しとハロウィン、盆休み、ＧＷが一気に来たみたいだな」

味山（あじやま）がぼやきつつ、テレビを聞き流す。

なんやかんや、ついにこの日が来た。

「探索者表彰祭、毎年の事だが、今年は更にやべえ」

いつもの部屋。

新しく買った手斧(ておの)に油を塗る。

合成繊維で出来たいつもの探索者装衣に着替える。

いつものルーティン。

「いい天気だなあ」

テレビを聞き流しながら、味山は出発前までの時間を過ごす。

11月26日。今日からこの島は祭りに染まる。

探索者表彰祭。

探索者という職業、ひいては現代ダンジョンバベルの大穴の誕生を祝う祭典だ。

ＰＬＬＬＬＬ、ＰＬＬＬＬＬ。

「はい、もしもし、味山只人(ただひと)です。ああ、アシュフィールドか、おはよう」

『おはよ、タダヒト。きちんと早起きしてるみたいね、偉いわ』

「そっちこそ、今日は寝坊してねえんだな」

『流石(さすが)に今日はね。合衆国の偉い人とかへの挨拶とか、あとパレードとか、色々あるの。

動物園の人気者になった気分だわ』

「お前は動物園には収まらないだろ」

『そうでもないわ、皆を喜ばせて見世物になるのは得意な方よ。ま、肝心な時にわがままを言う為に諦めるとするわ。会食や会談の最中でも、配信は見られる事だし♪』

電話口の向こう側。

アレタの声はスキップでもしているかのようだ。

「上級探索者昇格試験、マジで生配信するの？」

『全世界同時生配信よ、楽しみね、タダヒト』

味山の胃の重さと反比例するようなアレタの愉快げな声。

「楽しみにしてくれるのはお前くらいだよ、アシュフィールド」

『そうでもないわよ、じゃ、組合本部に遅れないようにね。応援してるわ』

「どうも、アシュフィールド、お前も頑張れよ」

『ええ、もちろん。おっと、そろそろ切るわ、またねタダヒト』

「おう、お疲れ」

通話が終了した、その時だった。

ぴんぽーん。

チャイムが鳴った。

「え？　こんな時間に？」

来客の予定はない。

ぴんぽん、ぴんぽん。

ぴんぽーん。ぴんぽーん。

ぴんぽん、ぴんぽん、ぴんぽん、ぴんぽん、ぴんぽん。

「なんだ、連打しなくてもいいじゃん」

インターホンの画面を見る。

真っ暗だ。

「壊れたか……？　はいはーい、今行きます……っと」

玄関のドアを開ける。

「えっ？」

そこには意外な人物がいた。

「やっほー、味山さん、おはようございます！　貴崎凛です！」

「味山さま、ごめんなさい、こんな朝早くに」

「貴崎に、雨霧さん？　ど、どうしたんですか？」

貴崎と、雨霧だ。

なぜか、なんの約束もしていない2人がここに。

PS「へへ、つい遊びに来ちゃいました。上級探索者昇格試験に出るんですよね」

ＴＩ「わたくしも、その差し出がましい真似とは承知しているのですが、その少し家の者に作ってもらった軽食などお持ちしまして。良かったら少し一緒に街を歩きませんか？」
「お、おお、まじっすか。じゃあ、とりあえず探索者組合の本部まで行きます？　まだ集合までかなり時間あるし」
Ｔ「やったー、それにしても懐かしいなあ、上級探索者昇格試験。あれ、１人１人与えられる課題が違うから結構難しいんですよね」
脳「ああ、聞いた事があります。２日ほどのダンジョンを舞台にした実戦試験。それも今回味山さまが参加されるものは初の全世界同時配信だとか」
「ああ、ご存じなんですね。そうだ、貴崎の時の試験は個別の課題なんだったんだ？」
　味山がそれとなく貴崎に問いかける。
　この質問が終わったら出発しよう。
　そんな呑気な事を考えて――。
脳Ｉ「あー、私の時は、確か、待ってくださいね、転写された記憶を解読開始。貴崎凛、生前記憶の抽出開始。あー、思い出しました。私、チームを組むの禁止されてたんですよ、単身で怪物種の10頭以上の討伐が個別課題だったかなあ」
Ｔ脳「まあ、それは大変ですね。ですが、やはり貴崎凛には組合も期待していたのでしょう。部位も遺物もなしでよくもあそこまで。でも、そろそろ死んだ頃でしょうか。あ、そうだ、味山さま、ご存じですか？　今回味山さまの試験では例年にない個別の課題が用意されてるらしく」

「あー……すげえな貴崎、単独で10頭か……え、雨霧さん、なんでそんな事知ってるんですか……――え、死んだ頃？」

パシッ。

ざん。

雨霧が持つ無音拳銃。

貴崎が持つサーベル刀。

胸を穿（うが）ち、腹を裂く。

「……あ？　が、ぽ」

声を、出そうと思った。

口の中が鉄臭い。鉄、血の味。

腹の奥から喉を渡り、黒い血が、零（こぼ）れた。

雨霧。

貴崎。

2人が無表情で味山を見下ろす。

りりりりりりりりりり。

ごーん、ごーん。

斃（たお）れる味山の耳の奥で、墓場の音だけが、近く――。

TIPS€ YOU DIED（お前は死んだ）

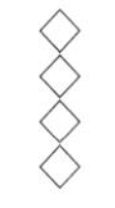

～少し前、バベル島公文書館にて～

祭りに沸くバベル島。

だがその場所は静謐（せいひつ）に満ちていた。

見上げるほどの書架、迷路のように並べられた本棚。

ガラス張りの天井から注ぐ麗（うら）らかな秋の日差し。

「……貴女（あなた）からデートのお誘いを頂けるなんて思いませんでしたよ、雨霧さん」

「ふふ、貴女はきっと来てくれる、そう信じておりました、貴崎凛様」

「……本がたくさんある場所は嫌いじゃありませんから」

「同感です、ここの香りはとても落ち着きます」

鼻腔をくすぐるのは、本とインクの香り。

書架の隙間を静かに、潜めた声を交わしながら歩く2人。

貴崎と雨霧。

誰もが目を奪われる掛け値なしの黒髪美人。

ついつい眺めてしまう黒髪ポニテの美少女。

注がれる視線を意にも介さず、彼女達は公文書館の奥を目指す。

「それで、あの電話、どういう意味だったんですか？」

貴崎が声を潜めて零すように呟く。

「ふふ、電話、ですか？　はて……」

雨霧が、すうっと琥珀色の瞳を細める。

「……〝味山只人の謎を暴きにいきましょう〟ってやつですよ。なんでとぼけるんですか」

貴崎凛と雨霧の奇妙な組み合わせのデート。

そのきっかけは、雨霧からの電話だった。

「まあ、ふふ。ごめんなさい、貴崎凛様、貴女、反応が可愛いものですから、つい……」

「……そうやって、味山さんも転がしてるんですか？」

「ふふ、あのお方は簡単そうに見えて、御し難いお方です。なかなか思い通りにはなりません」

「……私、貴女の事苦手です」

貴崎がげんなりした顔で呟く。

しかし、雨霧は目を輝かせ、にっこり微笑んだ。

「わたくしは貴女の事、もう好きになれそうですよ。――貴崎凛様？」

「え、ひゃっ」

そっと、貴崎の耳に雨霧が顔を寄せる。

びくっと反応する貴崎をよそに、雨霧が声を。

「――この前、ずっと見ておられたでしょう？」

「……なんの事ですか」

「夜の海岸、地上80階から見下ろし、見つめる彼の姿はいかがでしたか？」

にっこり微笑む雨霧。

うわ、と苦虫を噛み潰したような表情の貴崎。

「貴崎凛様、貴女もまた残酷な女です。わたくしはそこにシンパシーを感じました。貴女はわたくしと似ていますもの」

「残酷……？　どういう意味ですか」

「坂田時臣」

ぴりっ。

雨霧の呟きに、貴崎凛が表情を消す。

静謐な空気に広がるのは、冬の夜に曝されたような、鉄の冷たさ。

「彼は、貴女に強く、強く焦がれ、憧れ。その恋慕は歪みにまで至っておりました。ただ己のままに振る舞うだけで他者を魅了してしまうその業。他人事とは思えません」

「……雨霧さん、貴女、性格悪いでしょ」

貴崎が小さくため息をつく。

「それもまた、わたくしと貴女の共通点です。ええ、わたくしも貴女も性格が悪い、特別な生まれ、特別な力。他人との違いはわたくし達を少しづつ蝕んでいく」

本棚の間を歩き続ける。

いつしかもう、すれ違う人も、こちらに視線を向けてくる者もいなくなっていた。

「……」

「いつしか、わたくし達は無意識に他者に壁を感じ、他者を侮り、興味をなくしていきました。どうせ、全て退屈、とか。ふふ……心当たりがない、訳ではなさそうですね」

「さあ、どうでしょうかね」

貴崎のむすっとした顔に、雨霧がくすっと笑う。

「ふふ、知らないとは言わせませんよ。少し愛想良く接しただけで心を寄せてくる異性、自分にとって当たり前の事も出来ない同性。ただ、自分のままに振る舞ってるだけなのに、わたくし達はまるで殿上人のような扱いを受ける。全部、下らない。――気持ち悪い、と」

「……」

もう貴崎は何も言わなかった。

雨霧と貴崎。

似た境遇、似た経験、似た答え。

共に才能を、役割を与えられた特別な者。

持てる者の傲慢とも言える苦しみもまた、似ていた。

「でも、わたくし達のその傲慢さ、その思い上がりは最近、少しずつ、壊れ始めた。世界は退屈でつまらなく、くだらなく、気持ち悪い。そんな結論を、嗤い飛ばしてくれる人間のおかげで」

「……貴女が私を誘ったのって」

「ふふ、言ったでしょ？　貴女とわたくしは少し似ている。性格が悪い所も、……男の趣味があまり良くない所も、ね」

「……味山只人に関係する事ですか」

「くすくす、あら、わたくしは一言もあのお方の名前を呼んだ覚えはありませんが……」

「うるさいです。ここまで言われてとぼける方が恥ずかしい、……味山さん、謎があるような人に思えませんけ、ど……」

そこまで言って貴崎は言葉を止める。

雨霧がその様子を見て、少し笑った。

「ふふ。そうでしょうか？　あの方は謎ばかりです。先日の海の件一つ取っても遺物もないのに、まるで遺物保有者と同じような現象を操ったり、耳還りを果たしたり……わたくし達は実は彼の事を知っているようで、何も、知らない」

「それは……確かに……鬼裂の事も、なんで知ってたんだろう」

押し黙り、口元に手をやる貴崎を雨霧が見つめる。

「だからこそわたくしは今日、貴女をお誘いしたのですよ、ほら、着いた」

「え……ここは……」

気付けば。

貴崎達の目の前には、扉があった。

見上げるような書架や本棚の奥、ひっそりと佇む赤い扉。

「時に、貴崎凛様。バベル島七不思議、というお話を聞いた事はありますか？」

「オカルトの類としてなら……〝明日の死者の名前が映るニュース放送〟〝自分と同じ見た目をした人間〟、それに……」

「〝公文書館の読みたい本棚〟、それに、そう、〝公文書館、隠し部屋の悪魔〟……ですか？」

「あ、そうです、それ。確か、本棚と本棚の間を正しい速度とルートで歩いた時だけたどり着ける、赤い……ドアの悪魔が住む部屋……って」

そこまで言いながら、貴崎の言葉が途切れた。

目の前の部屋。

自由司書応接室。その部屋の扉は。

「赤い……扉」

「ええ、そうです、世の中には不思議が満ちているものですね」

ぎいいいい。

ひとりでに、扉が開く。

「さあ、貴崎凛様。わたくしと同じ、只の凡人が気になって気になって仕方ない貴女。一緒に彼の、味山只人の謎を解きに参りましょう」

「ちょ、雨霧さん？」

雨霧に手を引かれ、貴崎がその部屋に入る。

広い部屋のデザインは簡素。

白い壁紙に、優しいベージュ色の絨毯(じゅうたん)が敷き詰められる。

そこには1人の女がいた。

現代アート風のロウが溶けたようなデザインの机に、白い繭に包まれたような椅子。

「……マジ？　ほんとに来られたの？　玄女に素女の養女——雨霧、いや、雨桐(ユートン)か……あ

あ、そっちは鬼裂の子孫ね」

「こんにちは、久しぶりですね、アルトマン」

「アルトマン……あれ、どこかで、お会いしましたか？」

「あー、そこの陰謀愉快女スパイはほっておいて。貴崎凛、この前の探索では助かったわ。

まさかアンタがあの耳の怪物と戦って生き残るとは思ってなかったケド」

「あ……ブリーフィングにいたお姉さん！」

「そ。探索者組合にいいように使われて、今日もまたそこの大陸国家の使いにこき使われ

る予定のお姉さんよ」

灰色髪のボブカット。

羽飾りのついたベレー帽に赤ぶちの眼鏡。

世界で最も不自由で、世界で最も自由な元探索者。

ピンクの虹彩(こうさい)が珍しい顔色の悪い美少女が、貴崎に手を差し出す。

「レア・アルトマン。よろしくね、鬼裂の子孫ちゃん。へえ……凄い、大正時代の歴代最優って言われてた子より、血が濃いのね」

「あ、あの……なんで、私の家の事をご存じなんですか？　それに、今の口ぶり……」

まるで貴崎以外の、貴崎の当主を知っているかのようだ。

それもとても古い時代の。

「雨桐、アンタ、こっちの事、なんも説明せずにこの子連れてきたのね」

「ふふ、まあ、貴女の事は言葉で説明してもなかなか、信じてもらえないでしょうから……」

「ま、それもそうか。鬼裂の子孫ちゃん、楽にして。もう前金は雨桐の親からもらってるし」

「アルトマン、わたくしの事はどうか、雨霧と」

「あ、そう。ごめんごめん。確かに、あんま鬼裂ちゃんがいる時に呼ぶ名前でもないか」

こぽぽぽぽ。

アルトマンがゆっくり紅茶を淹れる音だけが部屋に響いている。

公文書館も静かだったが、ここは何か静かさの種類が違う。

貴崎は少し、自分が冷や汗を掻いている事に気付いた。

「あー、流石は鬼裂ちゃん。この部屋の嫌な感じに気付いちゃうかー、でも大丈夫、害意はないよ。わたしはどこまでも人類側の存在だから」

「……雨霧さん、この方は一体何者ですか」

「レア・アルトマン。バベル島、公文書館の自由司書にして、バベル島七不思議の1つ。〝公文書館、隠し部屋の悪魔〟です」

こぽぽぽぽ。

灰色髪の美少女、アルトマンが紅茶を淹れ終わる。

テーブルに音もなくティーカップを並べて。

「誰が悪魔だっつの。まあ、でもその七不思議の1つの正体なのは確かか。はい、お茶くらい飲んで行ってよ。大丈夫、ヨモツヘグイとかにはならないから」

「……雨霧さん、話が読めません、一体私達（たち）は何をしにここに来たんですか」

「え、それも聞いてないの？　〝味山只人の事典（キャラ・シート）〟の完成と閲覧でしょ？」

「事典……？」

「貴崎凛様、七不思議の1つ、〝公文書館、隠し部屋の悪魔〟の話を思い出してくださいまし。隠し部屋に住む悪魔は――」

「……どんな秘密でも教えてくれる？」

雨霧の問いに、貴崎が答える。

静かに席に着いた3人。

紅茶を囲んで、視線を交わす。

「正解です。味山只人の謎を、このアルトマンの力により解き明かす。不思議な事には不思議な事で対応するべきでしょう？」

けろっと簡単にここに来た目的を口にした雨霧。

貴崎が呆気に取られている中、やりとりは続く。

「良いお茶ですね、アルトマン。また腕を上げたようで」

「ほんと？　良かった。UEの指定探索者でよくここに遊びに来てた子が詳しくて、教えてもらってたんだ」

「まあ、そうですか。その方は今もここによくおいでで？」

「……ううん、もう来ないかな。耳の怪物に殺されちゃった」

「そうですか……それは、悪い事を聞きました」

「まあ、気にしないで。アレはそういう化け物。もう出会ったら後はどれくらい楽に死ねるかを考えた方がいいくらいのね。だから、そこの鬼裂ちゃんが生き残ったのはマジで凄いと思う」

「私の時は……その……」

貴崎がバツの悪そうな顔でティーカップを構える。

耳との戦い、その一番の功労者の扱いに一番納得が行っていないのは貴崎だ。

「あー知ってるって。味山只人でしょ？　今日の仕事の主役ね」

「え……なんで」

「いやー、にしてもあの時は肝が冷えたわー、あの男、知る事なんて出来ないはずの事を知っていたり、耳の怪物から生き残ったり、底が見えない。だから、今回の仕事は個人的にも少し興味あんのよねー」

「まあ、それでは仕事の方は期待してもよろしいですか？」

「ノープロブレム。雨霧の工作で、彼、ずいぶんたくさん血液検査を受けさせられたみたいね、必要なインクは十分よ」

テーブルの上に置かれた青い発泡スチロールの箱。

「これは……なんですか？」

「味山只人の血液パック、あ、要冷蔵だからまだ開けないでね」

「え……？　雨霧さん……一体この人は……？」

「ああ、鬼裂ちゃんは知らないのか、ごめん、わたしの遺物の使用には必要なんだ。そろそろ始めることにしようか」

「遺物……？　まさか、貴女は遺物保有者なんですか……？」

貴崎の問いに、アルトマンがにっと笑う。

「では、お願いします。レア・アルトマン。仕事を。依頼内容は、味山只人の謎、彼の隠している事の解明を」

雨霧が淡々と、アルトマンに声を。

「はいはい、秘密を解き明かす罰当たりな仕事を始めましょうか。あ、一応、契約の確認。ここで知りえた情報がどのようなものでも、わたしを口封じしようとか考えないでよね」

「ええ、お言葉のままに。アルトマン、契約の履行を」

「頼んだよ。お客様」

アルトマンが首飾りに触れる。

銀色の球形、その細い指が触れた瞬間、液体のように表面が揺らぎ、歪(ゆが)んで、形を変えた。

「遺物、執筆」

銀色のペン。

魔法のようにペンダントは銀色のペンに変化した。

「用意してもらったインク。使うわよ」

貴崎と雨霧がその遺物現象を目の当たりにする。

ひゅばっ。アルトマンの手の中で銀色のペンが躍る。

発砲スチロールから飛び出したのは血液パック。

透明な袋には味山只人(あじやまただひと)、そう書かれていた。

「よっと」

つぷ。

宙に浮かぶ血液パックをペン先が突いて破る。

零れるはずの血液は一滴たりとも零れない。

銀色のペン先に吸い込まれ。

「〆切が間際よ、〝人間事典〟」

上級探索者の動体視力を以てしても捉えられない動きで、アルトマンがペンを振るう。

宙に赤と銀の軌跡が描かれる。

「凄い……」

「何度見ても、新鮮ですね」

アルトマンが高速で描くペンの軌跡。

それはやがて形となり、像となる。

キャンパスを用いず、空に絵を描く神業。

物理法則を超えた、遺物現象。

「ほい、完成っと」

レア・アルトマン。保有遺物・〝人間事典〟。

それは人類社会においてのバランスブレイカー。

「え……これって」

「まあ。そっくり」


『…………』


貴崎と雨霧が見つめるその先。

像、いや、赤いインクで描かれた絵があった。

人物絵だ。

キャンバスも、画板もない空中に、絵が浮かんでいた。

「味山さんの絵だ……」

貴崎の目線の先には、宙に浮かぶ血で描かれた男の絵がある。

人間事典。

その効果。

「はい、出来上がり、貴方の名前、聞かせて頂戴。ああ、それと本人確認の為に趣味でも教えて」

アルトマンがその絵に語り掛ける。

その効果は——。

『味山只人。趣味はサウナと自炊とキャンプと……あとはまあ、その時の気分で』

「はい、成功、完全に出来上がったわね。自我もきちんとある感じ」

絵が、喋(しゃべ)った。

疑似人格を持った人物絵の創成。

そしてその真価は。

「依頼はこれで成功ね。雨霧、鬼裂ちゃん。今なら味山只人の全てを知る事が出来るわ。こんな感じね」

アルトマンが、味山の絵に向かって声を向ける。

「味山只人、誕生日は？」

『1999年8月12日生まれ』

「故郷は？」

『ヒロシマ県、北ヒロシマ町』

「昨日は何食べたの？」

『豚キムチと漬物とみそ汁とごはん』

「ほら、昨日の夜ごはんまでばっちり」

アルトマンの問いかけに、味山の絵が答える。

「雨霧さん……味山さんの絵が喋ってるんですけど……」

「疑似人格の供述による、指定対象の情報の暴露、絵の対象にされた人間の全てを丸裸にする遺物。現代社会において、反則とも言える効用でございますね、でもこれで味山さまの謎に近づく事が出来ます」

茫然と遺物現象を見つめる貴崎。

いたずらを思いついた子供のような表情の雨霧。

「んでもって、わたしの遺物はこれだけじゃない。対象本人が知らない自分の情報も全部数値化、解析が可能」

「あ、あの何を言ってるか、私あんま分かんないんですけど」

「見てりゃ分かるよ、鬼裂ちゃん。ああ、そうだ、ゲームとかＴＲＰＧは知ってる？」

「えっ？」

「そういうののお約束、ま、見てもらった方が早いか」

ひゅぼ。

銀のペンから血が迸る。

それだけで味山の絵の隣に、読みやすい血の文字が浮かんで。

＊生まれ＊《一般人・意味もなく生まれて、意味もなく死ぬ》

＊主能力＊《総合評価13点・可もなく不可もなく、どこにでもいる感じ》
STR（筋力値）　4　※ベンチプレス100キロは行けるぞ。

INT（知性値）　3　※勉強しなかったからね、仕方ないね。

POW（精神値）　6　※うわ、人の話聞く気ないでしょ。


「ステータス・オープン。なんちゃって」

アルトマンが指先でペンをくるくると回しながらにっと笑う。

赤ぶち眼鏡の奥のピンクの虹彩が歪んで見えた。

「文字が浮かんで……なんですか？」

「貴崎凛様。これは彼女の遺物現象です。味山さまのお力を遺物により数値化、文章化し明確にする。人間事典の真価」

「そういう事。わたしの遺物の前では、どんな人間も隠し事は出来ない。ここにあるのは味山只人の情報そのもの。ね、絵の中のアジヤマタダヒト」

『プライバシーって言葉の意味を100回くらい辞書で調べて欲しいもんだな』

アルトマンの問いかけに、絵の中の〝アジヤマタダヒト〟が答える。

「……ほんとに味山さんみたい」

貴崎の驚愕(きょうがく)はその絵の中のアジヤマタダヒトの反応。

本物が言いそうな事を、本物とよく似た表情で動く絵が喋っていた事だ。

「はは、言ったしょ。これは味山只人の情報そのものだって。さ、仕事を続けましょう。

味山只人の全部を丸裸にしていくわ」

アルトマンのペンがまた虚空に線を描いた。


～技能一覧～
＊技能＊《斧(おの)取り扱い》
基本的な斧の取り扱いに関する技能。

効率的に斧、手斧類を運用出来る。

斧を使用した攻撃の際、筋力に対してプラスの補正が発生する。

＊技能＊《探索者・深度Ⅰ？》
バベルの大穴内での長時間の活動が可能な体質。

大穴内に満ちる酔いに対してある程度の耐性がある。

＊技能＊《殺害適性》
それなりに長い探索者人生はこの人物から命を奪う事に対する抵抗を乾かせた。
戦闘時、敵に対して致命傷を与える確率が上昇する。
戦闘時、敵からの〝命乞い〟や〝交渉〟を完全に無視出来る。
世の中、どいつもこいつも敵ばかり。
素晴らしい。存分に狩り、殺したまえ。

＊技能＊《完成された自我（社畜）》
この人物の自我は隙間なく完成されている。
もはや何人たりともこの人物の自我に変化を及ぼす事は出来ない。
他人を本質的に必要としない自己完結の化け物としての精神。
《カリスマ》《魔性》《魅力》《洗脳》などの他人の技能や特性による精神干渉を無条件で無効化する。
特殊な選択肢を選ぶ事が出来る。
他人の輝きなど、どうでもいい。
知りたいのは一つ。
暗闇の中、己の力だけで火を熾(おこ)し、進む方法のみだ。

星の光も、必要ない。

＊技能＊《女は悪魔》
この人物は女の美しさと恐ろしさを本能的に理解している。

〝美形〟〝魔性〟〝絶世〟〝美の化身〟〝魅了体質〟〝誘惑〟特性を持つ女性からの魅了にかかりにくい。

自分がモテないという確かな経験と妙に高い精神値により生まれた技能。

悪魔は女の姿でやってくる。


「へえ、珍し。ここまで精神系の技能が揃ってるの初めて見たかも。〝女は悪魔〟ははは、雨霧に鬼裂ちゃん、苦労しそー」

アルトマンがけらけら笑いながら呟く。

「これが……味山さんの情報？」

「……そんなことまで分かるのですね」

対照的に貴崎と雨霧の表情は硬い。

「この技能って……なんですか？」

「んー要はそいつの人生とか経験、才能や修練から成り立つ個人の力を可視化したものかな、ま、あくまでわたしの遺物の解釈に過ぎないけど」

アルトマンが紅茶を啜(すす)りながら答える。

彼女の書いた味山の情報。

それは貴崎にとっても、なんとなく心当たりがあるような事象が書かれていた。

「雨霧さん、どう思いますか？」

「そうですね。あのお方がつれない理由が少し分かった気がします。アルトマン、それで味山さまの情報はこれでおしまいですか？」

「はは、まさか。面白いのはここからっしょ。技能ってのは個人の本質から成り立つもの、ここから更に味山只人(ただひと)の情報を深掘りしていく感じだし」

アルトマンの言葉。

貴崎と雨霧はまた彼女のペンが宙を躍る様を見つめる。

ここより先は、味山只人のより深い本質に。

「さ、〆切(しめきり)が冗談じゃなく近いよ、人間事典(キャラ・シート)」

ペンが、味山の血液をインクに文字を描き続ける。

＊技能＊《凡人》
この人物は凡人である。

全てのS・I・P（基礎能力）の上限が6で止まる。

遺物や神性を獲得する事は出来ない。

運命、宿命による補正を受けない。

只（ただ）生きて、只死ぬだけの存在である。

＊技能＊《恐怖スイッチ》
この人物にはある程度の恐怖への耐性が備わっている。

状態異常〝恐怖〟に陥りにくい。

仮に状態異常〝恐怖〟に陥った場合は、無条件で〝酔い〟が進行し怒り状態に移行する。

心を燃やせ、恐怖は全て殺さなければならない。

＊技能＊《凡人の怒り》
何も持たない凡人であるという自覚から生まれた技能。

〝天才〟〝選ばれし者〟〝英雄〟〝祈る者〟〝主人公〟などの特別な存在との敵対時に発動。

敗北の際に最大5回、〝食いしばり〟を発生する。

〝食いしばり〟の発動時に全技能の出力を向上させる。
〝食いしばり〟の発動回数ごとに敵対者に〝恐怖〟を付与する。
凡人、しかしそれが人生を諦める理由にはならない。
たとえ自分より遥かに強大で偉大な存在なれど、戦う事だけは放棄しない。

＊特性＊《耳の部位保持者》
腑分けされた部位、〝耳〟の保持による技能。
耳の怪物の力の一端を使用出来る。
世界の奥底に溜まる声を聴くという悍ましい化け物の真似事も可能。
世界の底から響く〝声〟を聴き、〝大力〟を振るう。
そしてついに、悍ましい〝血肉〟を喰らった。
耳の代理に相応しい。
〝腑分けされた部位〟〝部位保持者〟特性を持つ者への特攻を得る。
〝腑分けされた部位〟〝部位保持者〟特性の者からの被特攻を得る。
動き出した部位、箱庭の奥底で彼らはうごめき続ける。
開戦の時は、すぐそこだ。

「……え？」

「……耳の部位？」

突如現れたノイズのような情報。

貴崎と雨霧が、目を何度か瞬かせる。

耳の部位保持者。

その言葉はどう考えても、あの怪物と無関係には思えない。

アルトマンが、唇を半月の形に歪ませる。

「続きを読んで、2人とも。他人の謎に触れようとした人間の最低限のマナーってやつ？　後戻りはナシだからね」

ペンが走る。

＊技能＊《神秘を食べた男》

神秘の残り滓を正しく、敬意を持って料理し、食べた者の称号。

この人物に対して、過ぎ去りし忘れられた神秘達は力を貸すだろう。

既に〝九千坊〟〝鬼裂〟〝はじまりの火葬者〟が力を貸している。

人とは食事によりその存在を拝領して生きていく存在である。

L計画、アプローチ2はここに完成した。

＊技能＊《九千坊の眷属》
この人物は西国大将九千坊のミイラをカレーにして食べた。

この人物は息長の性質を持つ。

戦闘時、条件を満たしていれば水を操る九千坊の逸話を再現することが出来る。

虎という名前を持つ存在との敵対時、マイナスの補正がかかる。

＊技能＊《鬼裂の業》
鬼裂の骨粉をココアに混ぜて食べた。

平安の終わり、鬼を狩り続け、鬼となった男がいた。

〝戦闘適性〟〝刀剣扱い〟〝怪物狩り〟〝身のこなし〟〝明鏡止水〟〝殺人術〟〝呪血式〟以上の技能の複合技能、〝鬼裂の業〟が使用可能となる。

素質がない為、全ての技能は劣化している。

＊技能＊《2人目の火葬者》

この人物ははじまりの火葬者を餃子（ギョーザ）にして食べた。

2人目の火葬者として古い火を右腕に燻（くゆ）らせる。

この火は〝死骸〟〝不死〟特性を持つ者、または火に怯（おび）える生物に対して特攻を得る。

＊技能＊《たいまつの右腕》
この人物の右腕は〝腕（うで）〟によって継ぎ木されている為、よく燃える。

火に関する技能使用時、成功判定にプラスの補正がかかる。


「この技能って……プールで使ってたやつってこと？」

「伝承……再生……味山さま、貴方（あなた）、やはり……」

貴崎と雨霧の脳内に浮かぶイメージ。

それは今まで味山只人が彼女達に見せてきた力の光景。

「マジウケるんですけど！　世界中の国があんだけガチに研究して、失敗に終わったアプローチ2じゃん！　それに、ふーん、なんか他にも気になる情報がちらほらと」

アルトマンがペンをくるくる弄びつつ笑う。

「鬼裂……味山さんめ……やってくれますね」

「これが彼の謎。……52番目の星の右腕にして耳還（みみがえ）りを果たした所以（ゆえん）と言った所でしょうか？――ですが」

雨霧が表情を沈め、思考は始める。

ふと宙に浮かぶ情報の1つに、違和感を覚えた。

「……〝たいまつの右腕〟？」

「……雨霧さんも気になりますか？――この人物の右腕は〝腕〟によって継ぎ木されている……とは」

雨霧と貴崎は同じ疑問を抱いた。

耳の部位保持者という情報。

それも意味不明だが、同じくらい唐突に出てきた〝腕〟というワード。

これは――。

「おっと、技能だけじゃ分かんない事でもあった？　それじゃ聞いてみようよ、そこにいる本人に」

アルトマンが指さすのは、絵の中のアジヤマタダヒト。

「おーい、アジヤマタダヒト、この技能、解説してくんない？」

人間事典（キャラ・シート）のいつもの運用だ。

文字による可視化で分からない事があれば、疑似人格を宿した肖像に解説させる。

いつも通りに己の力を運用しようとして――。

「え、あ、アルトマンさん？　それ」

「……アルトマン、これは、いつもの事ですか？」

絵を見つめる貴崎と雨霧の声が硬い。

アルトマンもまた、彼女達と同じ物を見た。

「え……？」

赤い絵。

絵が、変わっている。

味山(あじやま)の顔が真っ赤に塗り潰されて。

「……は？　な。んで？　わたし、何も書き加えていないのに」

「アルトマン、このような事はよくあるんですか？」

「な、ないし。は？　待って、マジで意味分かんない……で、でも、大丈夫！　絵に聞く以外にも方法あるから！」

カラ元気のような声。

アルトマンが再びペンを構える。

「よ、よし、インク(血液)はまだ十分。これならいけるし、問題ないし」

「何をなさるおつもりですか？」

「あはは、普段はめんどいからあんましないんだけど、人間事典（キャラ・シート）の3つ目の力を使う事にする感じ。大丈夫、仕事は完遂するって。なんか絵の方は調子悪いけど」

人間事典（キャラ・シート）。

疑似人格を持った絵の作成、個人の技能の可視化。

そして、3つ目の機能。

「対象の過去、その人間の歴史を可視化出来る。これなら、アンタ達が知りたい味山只人（ただひと）の謎も分かるでしょ？」

「そんな事まで……」

「遺物は世界の法則の外にあるってね。よし、気を取り直してっと」

銀色のペンをアルトマンが構える。

「人間事典拡大解釈（キャラ・シート・オーバーロード）」

銀のペン先が赤く、輝く。

未（いま）だ人類が辿（たど）り着いていない遺物の進化。

だが、この七不思議、隠し部屋の悪魔、アルトマンは既に。

「キャラ・シート・クロノロジー」

目にも留まらぬ速度で動くアルトマンの振るうペン。

描くのは個人が辿った過去の軌跡。

味山只人のクロノロジー(年表)が宙に描かれて——。

「……これって」

「……まさか」

貴崎と雨霧が言葉を止めた。

同時に、アルトマンの動きも止まる。

滝のような汗を流しつつ、アルトマンが笑った。

「執筆、完了……あーしんど……これで、味山只人の過去は丸見え、君達が知りたい事も全部、知れ……どうしたの？　２人とも」

アルトマンが怪訝(けげん)な顔をする。

貴崎と雨霧がまたぽかんと口を開けて、固まっているからだ。

「……アルトマン」

「何さ、雨霧。あー疲れた。もうこれ以上の調査は無理だよ。まあトラブルは少しあったけど、世は事もなしってやつ？　わたしの遺物の前に隠せない謎なんて」

「アルトマン、確認です。貴女(あなた)が書いたのは、味山さまの過去の記録、ですよね」

「いや、そう言ってるじゃん。雨霧、まだなんか文句でもある訳？　味山只人の謎を知りたいんなら今ここに書かれている過去を読めば全部分かるっしょ？　耳とか神秘とか、腕とか！　そういうのとの出会いも全部書いた！　過去を読め……ば」

アルトマンの表情が、消える。

なぜか。

今、ようやく自分が書いたキャラ・シートの内容を目にし、理解したからだ。

3人の視線の先。

キャラ・シートが導いた、味山の過去が宙に浮かんで――。

＊2032年8月＊　ニホン。
戦略級怪物種〝耳の怪物〟との戦闘により、〝字山選人〟戦死。


「アルトマン、今の西暦は2028年ですよ」

「……え？」

ナニカが、おかしい。

ここにあるのは、味山只人の過去の記録であるはずなのに。

＊2、0、3、2、年8月＊　バベルの大穴。
合衆国特殊部隊〝シエラチーム〟隊長、アリーシャ・ブルームーン。

およびシエラチーム副隊長、〝シエラ1〟との戦闘。

〝木手滝人〟、グレン・ウォーカー、ソフィ・M・クラーク、以上3名死亡。

＊2、0、3、2、年8月＊　バベルの大穴。
■■■■の民に協力するアルファチームの討伐が国連会議により可決される。
アルファチームの危険度から、限定的に彼らを〝戦略級怪物種〟として認定。

直後行われた掃討作戦、〝サイド・スペシャル〟により■■■■への7カ国同時の號級遺物使用を確認。

アルファチーム全メンバー。

谷川好人、グレン・ウォーカー、ソフィ・M・クラーク死亡。


「何これ……」

貴崎の目に映る情報。

全て何かおかしい。

＊2032年8月＊
ニホン指定探索者、熊野ミサキ、西表茜らサキモリとの戦闘に敗北。

柿山助人、死亡。

＊2032年8月＊
神秘種◇◇◇◇との戦闘に敗北。

上川影人、死亡。


「年代が、未来の日付になってる……いや、そもそも、これ」

貴崎の乾いた声が、ある言葉を振り絞る。

雨霧(あめきり)も、そしてアルトマンも、同じ疑問を抱いていた。

「これ、は一体——」

謎に触れてしまった。

もう、後戻りは出来ない。

連なるのは死の記録。

＊2028年12月＊　ニホン・ヒロシマ県北ヒロシマ町、山中にて。
橋本環人・全身がねじ切られた変死体発見・死亡。
＊2028年12月＊　バベルの大穴。
亀井祐人・■2■■■■との戦闘に敗北・消滅。
＊2028年12月＊　バベルの大穴。
長津昇人・■2■■■■との戦闘に敗北・消滅。
＊2028年12月＊　バベル島。
藤川晴人・人知竜に敗北・死亡。
＊2028年12月＊　バベル島。
井河亮人・人知竜に敗北・死亡。

＊2028年12月＊　バベル島。
松田翔人・人知竜に敗北・死亡。
＊2028年12月＊　バベル島。
中西勇人・人知竜に敗北・死亡。


「これは、誰の記録……なの？」

貴崎の疑問。それはこの場にいた全員が感じたもの。

「す、す、す、凄いです。わたし以外にもＲＥＴＲＹを認識出来る者がいるんですね」

「「「えっ」」」

それは、突然現れた。

貴崎が、雨霧が、アルトマンが。

奇妙な人間事典の内容に思考と視線を奪われていたその中で。

「くる、め……？」

雨霧が呆気に取られた声を上げる。

今、目の前にいるのは彼女の後輩。

ここにいるはずもない女がいつのまにか、いて。

「あ、あ、どうも、す、ふふ。……来瞳（くるめ）です、え、え、え、えっと。すみません、雨霧姉さん」

「貴女、どうしてここに？」

当然の疑問。

雨霧にとって、日常の象徴であるあめりやのメンバー。

雨霧は一瞬、緩んだ。

「っ!!　駄目！　雨霧さん!!」

貴崎が反射的に、サーベル刀を抜く。

だがそれよりも早く。

来瞳の腰から黒い管、触手が伸びて――。

「お、お、お話をし、したかったですけど、と、と、とりあえずは」

ずちゅ。

肉の潰れる音が3つ響いて。

「せ、せ、宣戦布告、です。味山（あじやま）只人さん」

～そして、時は戻り～

「……」

倒れ、動かない味山。

血だまりに伏せて動かないその男を見下ろす女、２人。

「貴崎凛様、お見事な一撃でした、本体の言う通り、やはりこの方、わたくし達には気付きませんでしたね」

「雨霧さんこそ。殺気を完全に消すその技法、オリジナルと遜色……はあ、気持ち悪い、やめだ」

雨霧と貴崎。

２人の奇襲により、味山は完全に致命傷を負っていた。

そして。

めき、べき、めりり。

「肩が凝る……肉人形の機能も改良点が多いみたいだ」

貴崎凛の顔に異変が。

顔には亀裂、身体は衣服ごと隆起と変形を繰り返す。

10秒ほどでそれは、元の姿を取り戻した。

甘いマスクに手脚の長い美丈夫。

「やっぱ、坂田時臣だった時の姿が一番しっくりくる」

あっという間に先ほどまで貴崎の姿をしていたソレが姿を変える。

坂田時臣。深い夜に生まれた肉人形。

「アンタも元の姿の方がやりやすいんじゃないのか？」

「いえ……わたくしはこの姿で……元の姿でこの方の亡骸を見るのは少し、しのびないので」

「まるで感情でもあるかのような言葉だな。俺達にはもうそんなもの、存在しないのに」

「ふふ、果たしてそうでしょうか？　我々は確かに死して、かの化け物に改造された身ですが、全てを失くした訳ではないと思いますが」

死人の会話。

命無き肉人形が、流暢に言葉を交わす。

「ひゅー、ひゅー、かっ、か……」

味山の呼吸が、終息期に入る。

死が、近い。

「へえ、しぶといな。まあ、本体のリクエストだ。即死はさせるな、だったか」

「彼は耳の部位を保有しています、即死をさせてしまうとその拍子に体内の耳が暴走。最悪、2体目の耳の怪物が誕生しかねませんから」

ぼんっ！

どんっ！

バン！

あああああああああああああああああああああ。

遠くから響くのは爆発音。

島の至る所から大きな音が鳴り始める。

風に乗って届くのは悲鳴。

「……他の連中も始めたみたいだな。たくさん人が死ぬ。祭りにはうってつけだ」

「本体の仕込みは既に終わっています。軍人だけじゃなく、指定探索者のいくつかも既に本体の手にかかり、肉人形化を完了。勝機がない訳じゃないでしょう」

「お前みたいにか？」

「……ええ。そうです。皮肉なものですね。ダンジョンに選ばれた特別な者の末路が、人殺しだけを目的とした化け物だなんて」

「ははははは、いや、そう悪いもんでもない、事実俺は、こうして生前あんなにも目障りだった男をこんなにも簡単に殺す事が出来た」

ごんっ。

「……う」

味山の頭を坂田が蹴り抜く。

味山は小さなうめき声を上げるだけ。

「おっと、まだ殺していなかった。……頑丈さだけが売りの男だ、もう少し、痛めつけてもバチは当たらないか」

生前と同じ酷薄な表情を坂田が浮かべる。

ずにゅり。

肉人形と化したその身体は全身が兵器。

槍(やり)のように変形した腕を、味山の背中に向けて。

「あ、あ、あ、あ、や、勝手な事しないでください。戦闘個体・サカタトキオミ」

「っ……」

「……お早いお戻りで、本体」

ぬるり。

空気が、脂を纏(まと)ったようにぬらつく。

いつのまにか、そこには女がいた。

肉人形から本体と呼ばれた女が。

「す、ふふ。結構、2人とも強かったので。思ったより本気でやっちゃいました」

来瞳だ。

ピンク色の髪に、なんて事のないセーターとロングスカート、普段着姿の女。

「あれ、本体。その触手で運んでるのはもしかして」

異質な光景だった。

来瞳の腰から生えた3対6本の触手。

昆虫の脚のようにも見えるそれが、器用に巻き付き運ぶのは。

「……う」

「…………あ」

「その2人。生かしてたんだ、本体。味山只人への切り札にする為に殺したと思ってましたよ」

「……凜」

ずたぼろになった貴崎凜と雨霧。

来瞳の触手が器用に彼女達を縛っていて。

「す、ふふ。彼女達、ほんとに意外なほどつ、つ、強かったので。コレクションにしたく、な、な、なりました。す、ふふ、この辺は肉体の嗜好でしょう」

ぺろり。

来瞳が自分の頬についている赤い血を指で掬い、そのまま舌で舐り取る。

「で、で、でも、もう1人一緒にいた七不思議さんは、た、食べちゃいました。ほ、欲しい力をもっていたので」

くるくる。

来瞳の指の間で躍るのは銀色の羽根ペン。

その本来の持ち主は既に消化されてしまった。

「けほ……げほ、あ……」

「おや」

「す、ふふ、凄い、これが鬼の血……目が覚めたんですね」

来瞳の触手に巻き付かれたまま、貴崎が意識を取り戻す。

うつろな瞳。

自慢のポニテも解けたボロボロの状態。

「す、す、ふふ、あ、いいシチュエーション……問い。人類の感情の研究――対象、絶望という病――解答、人類の、親愛を向けた相手の喪失の瞬間の観測開始」

すっと、触手が貴崎を運ぶ。

その拍子に、貴崎が目を開く。

ぼやけた視界、靄のかかった思考。

最初に目に映ったのは——。

「……えっ」

理解不能な光景だった。

見慣れた幼馴染(おさななじみ)。それといつも目で追い掛けていたある男の、斃(たお)れた姿。

血だまりにうつ伏せで倒れる、黒ベースの探索装衣。セットされていない黒髪。

「あ……え、え？　な、にこれ」

「凜、味山は死んだぞ、俺が殺した」

「と、きおみ……何を言ってるの？」

視界に映る現実、思考が追い付かない。

だが、嗅ぎなれた血と死人の臭い。

ダンジョンでよく知っている死の臭いが貴崎の本能に伝える。

目の前の血だまりに沈んでいる男が既に事切れている、と。

「は……は、違う、よね、それ、そこで倒れてる人、味山さんじゃ……」

「凜、だから、味山は死んだって、ほら」

のしっ。

貴崎は信じられないものを見る。

坂田時臣が、その死骸を、足蹴にして仰向(あおむ)けに動かした。

「あ」

見てしまった。

焦点の合っていない目。体温を感じさせない顔色の悪さ。だらんと半開きの口。

味山只人の、死に顔。

「ははは……ははははは！　はははははははははは!!　ほんとに死んでる！　はははははは！　なんて間抜けヅラだよ！　なあ、なあなあなあ！　ああ！　俺はずっと、ずっと、これが見たかったんだ！」

「ときお……時臣!!　ふざっ、ふざけるな!!　その人の身体から足を退けろ!!　自分が何をしてるか分かってるのか!!」

貴崎の今のダメージからは信じられない怒声。

鬼の血を引く剣の申し子が怒る。

だが、その怒りさえ。

「ああ、凛、凛、ようやく、お前、俺を見たな」

「……は？」

ずるり。

坂田の顔が溶ける。

右半分の顔、溶けたその部分が変形し、ナイフのような触手が生えて。

「見てくれよ、凛。俺、やっぱり、特別だったんだ。お前に相応しい、特別だったんだよ」

変わり果てた姿を誇らしげに坂田が見せびらかす。

彼は死んで、生まれて、ようやく自らが求める力を手に入れたのだ。

「凛、お前も本体を受け入れろ。そうしたら、お前ももっと特別になれる、俺に相応しい存在になれるぞ」

「と、きおみ、それは……クソ！　離せ！　離せ！　化け物、化け物……!!」

ぐ、ぐぐぐぐぐ。

自分を縛る触手を貴崎が思いきりこじ開けようと試みる。

「あ、あ、す、ふふ、凄い。凄い、血と深淵の祝福の融合、人類の戦闘限界を超えた力。す、す、素晴らしいです、あ、貴女と、とても良い」

来瞳が頬を赤くして、楽しそうに笑う。

「くそ、くそくそ！　なにこれ、嫌だ！　こんなの嫌だ！　味山さん!!　味山さん!!　起きて！　やだ！　死んじゃやだ!!」

悲痛な貴崎の叫び。

坂田はうっとりそれを聞き、来瞳は興味深そうに頷く。

「凛、絶望してるお前も可愛い、泣いてるお前は、とても綺麗だ。そうだ、なあ、凛。結婚しよう」

「は……」

「お前はこれから一度死ぬ。本体によって俺と同じように生まれ変わるんだ。より強く、より美しい生き物に、人間なんかよりもっと素晴らしい存在に、それで結婚しよう、俺の子供を産んでくれ、いいよな、本体」

「え、え、え、き、きも……と言いたいですけど、興味があります、肉人形でも優れた個体同士を交配させるとどうなるか……生殖が可能かどうかも含めて非常に有意な実験となるでしょう」

「決まりだ、いいな、凛。大丈夫、この時の為に色んな女で練習してきたんだ。お前もきっと俺を欲しがるさ」

「……いかれてるよ、時臣(ときおみ)」

貴崎が表情を無くして呟(つぶや)く。

坂田(さかた)は喜色満面で。

「ああ!! 凛! 凛! 凛凛凛! 俺は嬉(うれ)しい! お前がそんなにも俺を見てくれるのが! もっと早くこうしてれば良かった!!」

「す、ふふ、では、個体名・貴崎凛の生成では生殖器類は残して作成しましょうか」

邪悪。

人間とは違う生き物が、人間の言葉で語り続ける。

「なにこれ」

みしっ。

「す、ふふ」

来瞳は音を聞いた。

肉人形を作る時に、よく聞く音。

人間の心が折れる音だ。

「やだ、よ、こんなの……」

公文書館での敗北。

幼馴染の変容。

味山の死に顔。

上級探索者貴崎凛の仮面が剝がれ落ちるのは十分なストレス。

「やだ……こんなのやだ、起きて、起きてよう、味山さん……私、知ってる……あの時みたいに、そうだ、味山さんはあの時も死ななかった……あの耳の怪物にだって負けていなかった、そうだ！　耳の部位保持者……！　アルトマンさんが――」

ずぶ。

「えっ」

「これでいいのか、本体」

「す、ふふ、お上手」

赤。

貴崎の視界に赤が映った。

仰向けに転がされた味山の身体、胸に坂田の伸びた腕が突き刺さる。

えぐり取られるように、サザエの中身を穿るように。

ぼきん、ごき、ぼき。

ちゅるん。

肋骨が折られ、心臓がえぐり出されて。

「す、ふ、ふ。耳の部位保持者が所有する、最恐の力。耳の力はね、これがその核になっています」

「え……え？」

坂田の腕により串刺しにされた心臓。

貴崎の目の前にふらふらと、踊るように見せつけるように。

「あ……」

触手に縛られた貴崎が無意識に想い人の命の源に手を、伸ば――。

「あーげない」

ちゅるん。

「あっ」

貴崎が心臓に触れる瞬間、それは取り上げられた。

来瞳があーんと口を開き、そのまま心臓を食べた。

「ごくん、ごく、ごく。……す、ふふ、耳糞、知ってる。たった一つだけ味山只人が8月に手に入れた唯一の耳の部位。あ、あ、はは、あー……あれ？　これ、わ、わ、私。ぼ、ボク。僕、勝っちゃった？」

「あ……あ、ああ」

貴崎の瞳孔が開いたり、閉じたり。

口をパクパクと開いたり、閉じたり。

本能で理解した。

決して、取られてはいけないものを取られてしまった。

「……してやる」

「ん？」

「……殺してやる、殺してやる。殺す、絶対に、殺す、斬る、斬る、斬る」

びき、きき。

貴崎が額から血を流し始める。

その血はいつしか額に集い、固まり、形を成す。

尖ったソレは、まるで鬼の角。

びき、きき。貴崎を拘束する触手にヒビが入り始め。

「殺して――」

「人知竜魔術式、構築完成」

しゅんっ。

触手から貴崎の姿が一瞬で消えた。

来瞳の触手に捕らわれているのは、雨霧だけ。

「……凛は？」

「す、ふふ。三階層の内臓の中に送りました。島の攻略と同時に質の良い肉人形に変えます」

「そうか。それで、さっきの話だが」

「サカタトキオミ、いいですよ。貴方はたくさん殺せるように機能をつけた戦闘個体、ネームドです。存分に殺し、働いてください。そうですね、指定探索者を1人でも殺せば、肉人形キサキリンの最初の交配相手は貴方で決まりです」

「その言葉、記憶したぞ」

ばん!!

アパートの廊下をへこます勢いで、サカタトキオミが跳躍。

バベル島を殺すべく、化け物が動き出す。

「……本体、わたくしは」

「ああ、貴女は……そうですね、じゃあ、生前と同じ役割を。特異戦力、52番目の星の足止めをお願いします。貴女を再利用した事が間違いでなかったと証明してください」

来瞳が、前髪を掻き上げ、オレンジの瞳を歪める。

「――生前ネームド、〝魔弾〟」

「……ああ、分かったよ」

ずっ。

雨霧の顔をしていた肉人形が顔を変える。

その顔を味山がもし見たら驚愕しただろう。

音もなく、彼女もまた殺す為に島に解き放たれる。

「さて、と」

来瞳がパチンと指を鳴らす。

触手で縛っていた雨霧も貴崎と同じように消えた。

「す、ふふ、これで2人きりになりました、ね」

「……」

ぱっくりと胸に傷の開いた死骸(味山)、来瞳がその場にしゃがみ込む。

「ど、ど、どうですか？　ほ、ほ、本気で貴方を殺してみました、本気で貴方と戦ってみました」

「……」

死骸(味山)の目玉の上を、蠅(はえ)が這(は)う。

「り、り、リトライです。じ、人知の竜の代わりに、こ、こ、今回は私が貴方に挑みます」

来瞳の目は前髪に隠されたまま。

たどたどしい口調で、彼女がただ死骸(味山)に語り掛ける。

「いつか、どこか、ここじゃない場所で、人知の竜と、わ、私は、貴方に負けた。それは知っている。でも、不思議と貴方を恨んではいなかった。し、知りたいんです、もう、あまり覚えていないけど、永遠の探求を求めた彼女が貴方の何に満足して、逝ったのか」

「……」

来瞳が死体に語り掛ける。

「ね、ね、ねえ、こんなに簡単な訳な、な、ないですよね？　ねえ、耳の部位保持者が、こんな簡単に死ぬ訳ないですよね？　あの火を扱う探索者が、こんな簡単に死ぬ訳ないですよね？」

「……」

「き、き、聞こえますか？　この島が死んでいく音が。え、へへ、人知竜が創り出した肉人形、あれね、今回は私が完成させたんです。腑分(ふわ)けされた部位である私も人間を知りたいから」

「……」

「もう彼ら、彼女達(たち)は死骸から出来た肉人形じゃない。新しい人類。貴方達、ホモ・サピエンス(賢いヒト)を殺す者。ホモ・サイドス(殺すヒト)……なんてどうでしょう？」

「……」

「な、な、な、なんで起きてくれないんですか？　やりすぎました？　耳糞……たった一、つの耳糞(心臓)を食べちゃったから？　え？　それでもう終わりなんですか？」

「……」

「こ、こ、このままじゃ、皆(みんな)死にますよ？　み、皆殺しますよ？　今の52番目の星なら、わ、わ、わ、私だけでも殺せますし」

「……」

「わ、わ、わ、私、〝脳みそ〟です！　腑分けされた部位、貴方の中の耳と同じ……一つになる為に殺し合いを続けてるバカな存在です、あ、あ、貴方の敵です。ねえ、だから、わ、私、貴方を殺したんです、だ、だ、だから、貴方も私を殺そうとしてください、戦ってください」

火と同じオレンジの瞳、瞳孔が収縮する。

「……起きないの？」

「……」

「わ、わ、わ、私、貴方のファンなんです。た、たくさん用意してたんですよ？　貴方をこ、殺す方法、こ、こ、これ以外にもたくさん。貴崎凛を使ったり、雨桐を使ったり、アルファチームも、貴方の友人も、52番目の星も。全部、ぜえ――んぶ。ねえ、全部殺しますよ、起きないと」

「……」

「……ほんとに死んじゃったの？」

子供だ。

虫遊びの最中、弄り回していた虫が急に動かなくなった時の子供の顔。

来瞳はそんな顔で、味山を見て。

「あーあ」

脳みそは、そうして味山への興味を無くす。

そのまま、音もなく去っていく。
死骸はそうして独りになった。

エピローグ ■【バベル島攻略戦】

地獄を始めよう。


バベル島、UE街。

モニュメントとして建立された電波塔の上。

この島で最も空に高い場所から、脳（来瞳）みそは島を見下ろす。

——本体より、バベル島全域の肉人形端末へ告ぐ。

——全武装制限解除、皆殺しを始めなさい。


「えっ、なんで？　うえ」

「きゃあああああああああああ！！？？」

「なん、なんで!?　なんでえええええ!?」

「おい、お前その腕、なん、びゅべ」

「え……喜美ちゃん？　なんで？　私のお腹、刺す、の？」

「お前、その顔、なんだ？　裂けて……え、牙？」

先ほどまで隣り合って笑っていた友人が、恋人が、仲間が化け物に変わる。

祭りの日だ。

出店に並んでいた者が、散歩していた者が、警護していた者が、試験に臨まんとしていた者が。

「ぷぺ、ぽ、ふふふ、あは、本体からの指示を確認」

「こんにちは、石焼芋はお好きですか？」

「いしやああきいいいいいもおおおおお、やきいもおおおおお」

「こーひーはげんまいちゃよりも刺激が強いです」

ぐねり。

いつのまにか、それに置き換わっていた。

隣人が肉人形へと変貌する。

頭がさかさまに向いたり、目が身体中に生えたり、毛穴から針が飛び出したり。

身体を自由に変形させ、武器と化し、自由に人を殺す。

――最重要目標・〝耳の部位保持者〟は死亡。

――第一優先目標・民間人、バベル島非戦闘員、医療従事者、弱い個体を狙え。

その化け物は人を殺し、喰う。

「た、頼む！　み、見逃してくれ！　妻は身重なんだ、それに本土には息子を残して、あ、ば、ばばばばばばば」

「あ、なた、嫌、嫌ああああああああああ!!　あっ、止めて!!　お腹は……お腹だけはやめて!!　首、あ、頭にして、殺すなら、私だけ、いや、いやあああああああああああああああああああああああああ!!　お腹、食べないで、引きずり……あ」

「あ……お父さん、ごめん……私、うん、急に電話したくなって……あ、は、は、あああ、やだ、死にたくない、死にたくない!!　助けてお父さん!!　食べられる、いや、食べてる!!　人の化け物が、私の腕、食べてる……」

「なんで、なんで、こんな所で死ぬの？　食べられて……あーあ、仕事やめておけば良かった、あ」

――滅ぼせ。

「ぺろぺろ」

「あーなるほどこうやって殺せばたくさん血が出るんだ」

「女の方が美味しい？」

「いや、男の方が噛み応えあっていいかも」

「子供の腹の中が一番だろ？」

――滅ぼせ、皆殺しにしろ。諸君は今日より、死した身体を動かすだけの肉人形ではない。


「いたぞ！　化け物だ！……っ子供まで、クソが！　殺せ！　撃て、銃器の使用をきょ――えっ？」

「分隊長殿、あなたの肉はまずそうだ」

「民間人があっちにもいる、足を狙って撃て、銃器の取り扱いの技能がない者は軍服の人間の脳を食え。それで覚える」

「「「分かった！」」」

「銃楽しい!!」

「足を撃って、腕を撃って、ふふぉふぉふぉっふぉふぉ、見て見ていもむしみたい」

「おい、なんで、なんで兵隊が、軍が俺達を撃つんだよ!?」

「た、探索者は!?　探索者はいないのか!?」

――ホモ・サピエンス（賢いヒト）に代わる新しい人類・ホモ・サイドス（殺すヒト）である。

――滅ぼせ。

「メーデーメーデーメーデーメーデー!!　こちらニホン自衛軍、バベル島駐屯地！　多数のテロリストにより攻撃を受けている！　繰り返す、攻撃を受けて……くそっ!!　なんで、緊急無線が繋（つな）がらない！　ＢＣ（バトル・ネットワーク）も反応しなっ」

「小隊長が撃たれた!?　どこから……！　あの、装備……国連常駐軍!?　常駐軍が発砲してるぞ!!」

――軍人に紛れ込ませた肉人形は積極的に火器を使え。

――通信手段を持っている存在は優先して排除せよ。

「ダメです!!　軍事通信衛星とも繋がりません!!　ドローン兵器全て使用不能!!　繰り返します！　ドローン兵器〝ハーピィ〟及び自律機動兵器、全て使用不能!!」

「なぜだ!?　電子防護されているはずのハーピィすら動かないのか!?　くそ！　全部隊、

民間人を優先して保護せよ！　常駐軍、いや、軍勢力の中にもテロリストが交じっている！　各員目視で発砲許可！」

――大規模魔術式完成まで、島外、軍勢力による精密爆撃攻撃を少しでも遅らせろ。


「た、助けてくれ!!　こ、殺されるう！」

「ひっ?!　と、とまれ！　近づくな！」

「待て！　撃つな!!　探索者だ！　うぶっ……」

「う、腕が伸びて……化け物がああああああえ」


――各員、民間人を装い接近しろ。


「人、じゃない……なんだ、こいつら……」

「腕が、鞭(むち)みたいに……頭ぶち抜いても、動いてくる……ば、化け物」

「落ち着け!!　固まれ！　敵の手足を狙え！　急所への攻撃は効果が薄い。小隊、傾聴!!　戦技要領を、〝暴徒鎮圧〟から、〝対怪物種〟ドクトリンへと変更!!　射撃で仕留めようと思うな!!　まずは動きを止めろ!!」

「は、はい!!　田村軍曹!!」

——特級敵対戦力・號級遺物による全体破壊攻撃に注意せよ。民間人を盾にとれ。

「ちっ、面倒ねえ、敵と味方を区別する方法がないわぁ、探索者表彰祭のせいで民間人が多すぎよお」

「駄目だぞ、〝くるみ割り〟!　ここは我慢だ!」

敵人的資源への攻撃をフェーズⅠと設定。

「わあああああああああ!　鮫さん、ダメだ!　衛星電話も探索者端末も繋がんないよお!!」

「な、泣き言言うなァ、久次良ァ!　た、タテガミさん!　バリケードがもうマジでやべえぞお!!」

「ククク、圧倒的ッ、死地!!　石沼ア!!　和川ア!!　奥から机を持ってこい!!!　鮫島さんは、そのまま入り口で警戒を!　久次良君は衛星電話の通信を継続!　なんとしても店に奴らを入れるな!　お客様を守るんだ!!」

「『ハイッ!!　料理長!!』」

「くそ！　死んでたまるかあああ！　またあめりやのお姉さん達に遊んでもらうんだ！」

「クソがあ!!　一姫え!!　叔父さん、絶対生きて帰るからなあ!!」

——判断に優れた個体はすぐに、施設のシェルター化を図るだろう。

——物量で押し潰せ。なるべく死骸の損壊を抑え、端末化を狙え。

——そして、特級敵対戦力、指定探索者には。


「やあ、久しぶり、スカイ・ルーン」

「おー。星見の嬢ちゃんかあ！　久しいのう！　相変わらずええケツしちょるわい！」

——必ず指定探索者を素体としたエース型端末のツーマンセルで戦闘せよ。

「おいおいおいおいおい。こりゃ、アタシの目がおかしくなっちまったのか？——死人が歩いてんだけどよー」

「がははは！　悪いのう！　星見の嬢ちゃん！　死んだ後なのに面倒掛けるわい！　なんとか粘って、そうじゃな！　52番目の星か、怪物狩りの小僧を呼んでくれ！」

「ルーン、聞きたい事があるんだ、アレタ・アシュフィールドの所へ案内してくれないかな？」

「……魔弾、カタリナ・A・ハインラインに開拓者のジジイ……へイ、カタリナ。久しぶりだな～オイ。アジヤマタダヒトに始末されたって聞いてたけどよ～、報告ミスかァ～？」

「ああ、すまないね、どうやらカタリナ(私)は綺麗(きれい)に死ぬ事が出来ないらしい」

「泣きそうだぜ。ダチの命日がまた増えちまう」

――最後にバベル島最強戦力、52番目の星についてだが。

「嘘(うそ)だ！　センセイ！　なあ、嘘っすよね！　あの、あのバカが、こんな、簡単に……」

「……ソフィ。ごめん、聞くのはこれで最後だから。お願い、確認させて」

「……ああ」

「――タダヒトの体内の生体チップの情報は、彼のバイタル反応の表示は？」

「……ＤＥＡＤ。アジヤマタダヒトの生命反応は、既に消えている」

「…………………――そっか」

――既に対応は完了している。しばらくはまともに稼働しないだろう。

地獄が、あった。

――新しい人類、ホモ・サイドス（肉人形）に通達。

――バベル島攻略戦を継続せよ。

祭りの日。

それは唐突に始まった。

この島で最も高い場所、空に最も近い場所で彼女は地獄を見下ろす。

長い前髪を掻（か）き上げ、オレンジの瞳で島を見つめ続ける。

この地獄を創り出した存在。

桃色の髪の美しい女。

燃え残った部位がどこまでも深いため息をついて。

「飽きてきた～」

悍（おぞ）ましい脳みそが呟（つぶや）いた。

◇◇◇◇

「死体処理班でえええええす」

「ちりがみ交換にきましたあああ」

その死体の周りにも、人食いの化け物が集う。

膨らんだ頭部、鎧のような皮膚。肥大化した身体。

肉体は変形し、化け物の形に。

「お掃除に来ましたああああ」

「ごちになりまあああああす」

「ぱりこれに加えよう、これくしょん」

その化け物の手にはたくさんの靴や衣服が握られている。

ここに来るまで何人殺したのか、もう数える事も出来ない。

「心臓、ありませんねえええええ」

「じゃあ、お腹の中身、内臓吸いまあああああす」

きゅぽん。

肉人形の姿が変形する。

口から鳥のような嘴が生える。

より強く、より簡単に、より早く、殺せるように進化する。

それが腑分けされた部位、脳みその作り出した眷属。

「これ食べたら、次はどうするうううううう?」

「近くの建物に人間の匂いがする、躍り食いしようおおおおおお」

「こども、子供もいるかな」

「いるよきっと。たのしい、楽しいぞう、たくさん泣かせて親と一緒に食べよう」

「親から先に食べる?」

「いや、子供から食べよう、そっちのが通だ」

ホモ・サイドス。

たくさん殺し、たくさん食べる。

人間の化け物が、その死体を啄もうと――。

TIPS€　条件達成

腑分けされた脳みその戦略は完璧だった。

肉体の記憶におぼろげに残る凡人探索者との殺し合いの記憶。

そこから導き出した味山只人の無力化。

8月に耳の化け物から手に入れた心臓と一体化していた〝耳糞〟の奪取。

凡人故の鈍さ、他人への鈍さ。
その全てが、味山を死に追いやった。
だが、脳みそは知らなかった。
11月に意識を取り戻したせいで、単純に見落としていたのだ。
「ん？」
その化け物は、見た。
その死体の胸に空いた穴、その中に、何かがいた。
ナニカが、死体の中から這(は)いあがって――。

TIPS€　条件達成――〝2つ目の耳糞〟所持

味山只人の10月の死闘。
――2つ目え、頂きまァす
その報酬の存在を。

「おみみだよ」

「え？」

ぷしゃ。

味山の胸に空いた穴、そこに嘴を刺そうとしていた化け物が倒れた。

その嘴は丸められたごみのようにくしゃくしゃに。

「えっ、どうじちゃ――おぼえ」

「え、なんで、お前も倒れぺぽ」

ぐちゃ、ぐき。

肉人形の顔が潰れる。首がへし折れる。

「おみみなんだ」

一瞬で怪物を3人殺したモノ。

ちょこ、ぴょこん。

化け物の死骸の上でぐぐーっと背伸びをしているモノがいる。

手のひらサイズの小さな小さな、化け物。

それは、耳の形をしていて――。

「おみみだっ」

ぴょこん。

短い両手をYの字に掲げて立つ、小さな小さな耳の怪物。

一瞬で肉人形を壊したソレはそのまま宿主の胸の穴の中へ戻る。

「おみみなんだよ」

機能し始める。

どろり、味山の胸の穴に潜ったその小さな耳が溶ける。

ぐねり、ぐねり。

ああ。もうそれはどうしようもないくらいにその肉体と結びついていた。

ドクン。無くなったはずの心臓の鼓動。

TIPS€　条件達成、耳の大力を限度を超えて一定回数以上、使用する

TIPS€　条件達成、耳糞を最低1つ以上保有した状態で死亡する。自我系統の技能を保有している

TIPS€　お前はそして、死に触れた

味山の死に際に浮かんだのは、仲間や友人の事ではなかった。

あったのは圧倒的なイメージだけ。

「み、み」

何度殺しても死なない不死身の怪物。

その姿だけ。

TIPS€　新技能・使用条件達成・《耳の血肉》

ずりゅ。ぶしっ。ぐちゅ。

胸に空いた穴が、肉と血で塞がる。

撃ち込まれた銃弾が、ポップコーンのように身体から排出される。

TIPS€　起きろ

「……して、やる」

獣のような唸(うな)り声(ごえ)。

誰も必要とせず、たった1人で死んで、たった1人で生き返る。

「あ、あああ……俺を、生かせ……寄越(よこ)せ、全部、寄越せえええええ、クソ耳いいいいい」

じゅる、ずる。

味山の四肢が痙攣(けいれん)する。

傷が治る、命が戻る。

なんの意味もなく、なんの理由もなく。

TIPS€　起きろ、殺してこい

ただ、生きて、ただ死んで、ただ生き返って。

「ぜんぶ、全部」

只(ただ)、生きて、只、殺す。

その姿は、その在り方は、あの最恐(最強)の怪物と全く同じ。

「――ぶっ殺してやる」

◇脳◇脳

「飽きちゃった」

わたしの足元から、虫達(たち)の声が響く。

『こちら自衛軍、バベル島駐屯地！　頼む、この通信が聞こえてる奴がいたら応答を!!』

『民間人に扮した化け物が、人間を襲っている!!』

『し、死んだはずの人間が動いてる！　こいつらは人を喰うぞ！』

クリア確実、もう失敗する余地のないゲームほど退屈なものはない。

『メーデー！　メーデー！　民間人と共に建物内で防戦中！　バリケードが持たなっ、あ、ぎゃあああああああああああああああああああ』

『――ぺろろろろろろ、おこんばんは』

『――み、み、見つけましたああああああ、羊さんです』

『――がおおおおおお、食べちゃう、食べましょう』

進化したおもちゃが人間を殺し回る。

退屈、退屈。

「期待外れだったなあ、味山只人」

バベル島攻略戦は既に成功した。

指定探索者も封じ込め、最強の星も翳った。

あとはもう消化試合。

「指揮型端末各機、大規模魔術式の運用を開始する」

『本体、了解しました』

『こちら、カタリナ。心得たよ、本体』

「あ、そうだ。味山只人宅付近の端末達、そろそろ死体の処理が終わったかな。君達も指揮型の指揮下に入りなさい」

これで、全部おしまい。

『──』『──』『──』

「ん？」

応答が、ない？　もう一度、交信を──。

『繰り返す！　繰り返す！　耳の怪物がバベル島に出現した！』

「…………え？」

突如聞こえた声。

耳の怪物？　ありえない、だって、耳の怪物は既にわたしが箱庭の中に──。

「っ、本体より、肉人形、ホモ・サイドス（殺す人）へ。攻略戦の報告を──」

『べぼおおおおおおおおおお、おべべべべべべべべべ』

『ちぎれるウ、ちぎれるウ、ちゅぶれりゅっ!?』

『やめてねーやめてねーどぼじてこんなことしゅりゅのおおおおおおおおお』

『耳っ。耳が、耳が来たあああああああああ、燃やされるううううううううう!!』

『ギャハハハハハ！　ギャッハハハハハハハハハハハハハハハハハ!!　クソ耳と一緒にしてんじゃァねえよ！　化け物どもがよおおおおお！　俺はァ!!』

『こちら、自衛軍バベル島駐屯地部隊!!　島防衛全勢力に告ぐ!!　味方だ！　その耳の怪物は化け物を殺す化け物だ!!』

わたしは目を凝らす、わたしは耳を傾ける。

ナニカがいる。

耳によく似たナニカが、わたしの人形を殺し回って――。

『俺ァ!!　耳男だァ!!　ギャハハ!!　ギャハハハハハハハハハハハハ!!』

「――ほにゅ？」

あとがき

皆、帯見た！？！？

こんにちは、しば犬部隊です。電子派の皆様には訳分からねえ事を言ってすみません。

この場を借りて最高の推薦コメントを書いて頂きました古宮九時先生に深く感謝を申し上げます。

そして、凡人探索者3巻を手に取ってくださった皆様もありがとうございます！

すげえ所で3巻終わらせちゃった。

今回のテーマは【世の中、結局敵ばかり】いかがでしたか？

凡人探索者がエンタメハッピーラブコメ作品というのは周知の事実だと思います。

ですが現実と同じで敵はエゲツなく、世界の真実はマジで救いがないです。

そんなクソみたいな世界の中、それでも、と立ち上がりたい。

味山只人（あじやまただひと）が目の前の恐怖に立ち向かい全てをぶっ壊す姿を楽しんで貰（もら）えたら幸いです。

4巻では一気に逆襲パートから始めます。

イラストレーターの諏訪（すわ）様の耳男や新キャラ来瞳（くるめ）が良すぎて次もコイツらを見たいです。

ぜひ皆さんの周りの方達（たち）に凡人探索者、薦めて頂けると助かります。

じゃ、また！

しば犬部隊

凡人探索者のたのしい
現代ダンジョンライフ 3

発　　行　2023年12月25日　初版第一刷発行

著　　者　しば犬部隊
発 行 者　永田勝治
発 行 所　株式会社オーバーラップ
〒141-0031　東京都品川区西五反田 8-1-5
校正・DTP　株式会社鷗来堂
印刷・製本　大日本印刷株式会社

Printed in Japan ISBN 978-4-8240-0678-3 C0193